光文社文庫

文庫オリジナル

# なぜ、そのウイスキーが死を招いたのか

三沢陽一



光 文 社

# 目次

コラム・安藤宗貴
レイアウト・延澤 武
イラスト・村本ちひろ

何故、
ブラック・ボウモア四十二年は
凶器となったのか？

## 完熟デコポンの<br>スクリュードライバー

**材料**

ウォッカ30ml
デコポン果汁120ml（1½〜2個分）
レモン果汁5ml
シロップ小さじ1〜2程度

**一言POINT**

デコポンは、1週間くらい常温で熟成させると甘味が増しジューシーで美味しい果汁が搾れます。

## マスターの独り言

デコポンとレモンは、甘皮を壊さないよう搾り器を使って優しく搾ります。種は粗目の濾し網で濾しておきます。
ボストンシェイカーにデコポン果汁とレモン果汁、ウォッカを入れ、軽くステアした後、甘味が足りない場合は、シロップを入れて調整します。
冷凍庫で冷やしたグラスに氷を入れ、シェイカーに氷を8分目まで入れて手早くシェイクしグラスに注いで出来上がりです。
大きめのシェイカーでシェイクすることで液体に沢山の気泡が入ります。飲んだ時の口当たりがふわっと柔らかくなり、アルコール感が和らぎます。

「お待たせしました。完熟デコポンのスクリュードライバーでございます」

不破《ふわ》の前に橙黄色《とうこうしょく》の液体を湛えたグラスが置かれた。窓際のカウンターには春めいた陽射が降り注いでいて、光を浴びたロングカクテル用の背の高いグラスは、行燈《あんどん》のような柔らかな光源になっている。

不破はマスターの安藤《あんどう》に少し頭を下げたあと、グラスに手を伸ばした。

口に近づけると、ほんのりと柑橘系の爽やかな香りが流れてきて、鼻を擽《くすぐ》る。ここのカクテルは注文を受けてから果実を切り、それをミキサーにかけるなり、搾るなりしてから、シェイクする。そのため、果実の匂いが消えることなく、新鮮なまま客の前に出されるのだ。

よく冷えたグラスに口をつけ、一口飲むと、デコポンの果肉が口内を駆け巡り、心地よい感触を与える。続いて、ほんのりとした甘さが口いっぱいに広がり、春という季節の真ん中にいるような気分になった。

あまり腕のよくないバーテンダーの作ったスクリュードライバーは、仄かな甘みのあとにウォッカのアルコールっぽさが押し寄せてくるのだが、これにはそれがない。かといって、アルコールをまったく感じさせないわけでもなく、ソフトドリンクとアルコールの間の絶妙なバランスの上に立っているのが判る。

「相変わらず、ここのカクテルは美味いね」

「ありがとうございます」

「デコポンは今の季節が旬なの？」

このバーではスタンダードカクテルは常備されているが、それに加えて、二、三ヶ月ごとに変わる季節のカクテルというものがある。春はこのデコポンのスクリュードライバー、文旦を使ったギムレット、大粒イチゴのミックスベリークーラーが出ているようだ。

「そうですね。二月から五月上旬くらいまでが旬だそうです。ですので、そろそろメニューから消えてしまうかと思います」

「そうか。ぎりぎり飲めてよかった。メニューから消えてしまうのが惜しいね。それくらい美味しい」

「ありがとうございます」

右手の大きな窓から陽射を浴びた安藤は、顎鬚《あごひげ》を艶やかに光らせて頭を下げた。歳は不破と同じ五十代か、それとも一回り上くらいだろうか。顔に目立つ皺はないし、髪に白いものは交じっていないし、いつも姿勢が正しいせいで若く見える。しかも、声もよく通るテノールで若々しさが残っている。

何より、バーという場所は夜になるとバーテンダーを大人びて見せるものだが、午後四時だとその逆だ。燦然《さんぜん》とした光はバーテンダーを若返らせている。それが安藤の年齢を不詳にしている主な原因だと不破は思っている。

ここ、『シェリー』は日本では珍しいウェイティング・バーだ。ウェイティング・バーとは、元々はレストランなどに併設された食事までの間の時間を過ごすバーのことである。主に食前酒をサービスしていて、アペリティフ・バーとも呼ばれる。日本ではあまり見かけないが、海外では空港や劇場にあるらしく、予定の時間までそこで時間を潰す。忙しい忙しいと嘆いてばかりいて、時間を優雅に潰す、という感覚のない日本人には馴染みがなくても仕方ないかもしれない。

ただ、『シェリー』はそういったウェイティング・バーとは少し趣きを異にしている。レストランに併設されているわけでも、劇場や空港の近くにあるわけでもなく、定禅寺《じょうぜんじ》通《どおり》から一本北に入った小さな路地のビルの二階にあるのだ。だから、厳密にはウェイティング・バーとは云えないかもしれない。しかし、午後の三時から営業していて、酒類だけではなく拘《こだわ》りのコーヒーや紅茶を出し、客に贅沢な時間を提供しているのだから、ウェイティング・バーの精神が立派に宿っていると云えるだろう。

そんなことを思いながらチビチビと飲んでいたつもりだったのだが、いつの間にか、グラスが空になっている。淡い黄色に染まったグラスの中の氷が、鈍く光を撥《は》ね返して不破に時間の経過を告げていた。

安藤がさりげなく、

「こちらのグラス、お下げしてもよろしいでしょうか？」

と訊いてくる。他の客がいないとはいえ、絶妙なタイミングだ。

不破は頷いたあと、

「ところで、最近入ったやつでオススメのボトルはある？」

カウンターの前に広がっている無数のウイスキーボトルの集団を見ながら訊く。暖色系のバックライトに照らされたボトルたちは品よく鎮座していて、まるで不破に微笑みかけているように見える。夜を固めたような漆黒のボトルや寸胴な形のもの、藁を巻いた奇怪なものもあるのだが、この集団の中にあるとどれも愛嬌があるように不破には見えた。

「早いけど、ウイスキーにしようかと思ってね」

不破はちらりと、外に視線を投げる。『シェリー』の入っているビルの前には何本かの樹が植えられているのだが、どれも陽光を透かしてもう晩春の色をしている。そして、樹々たちはその春色にもう一枚、夕暮れの衣を羽織ろうとしているのが判った。

同僚たちは汗をかきながら働いているのだろうか。そんなことを、ちらり、と思ったが、同僚たちどころか刑事という職業すらも嫌っている不破は、すぐにそのことを忘れた。明るい時間からウイスキーを飲むことの快感の方が、罪悪感の数倍はある。

安藤が不破に背を向け、綺麗に整列したボトルを眺めている。顎を右手で撫でながら、少し考えて、一本のボトルを手にした。

「これなどいかがでしょう？」

不破の前に置かれたボトルには、黒地に白い文字でBOWMOREと書かれたラベルが貼ってある。アーチ形に並んだその文字の下には12という数字が表示されている。

「ボウモアの十二年？　随分、スタンダードなものを出してきたね」

ボウモアはスコットランドのアイラ島にある蒸溜所である。アイラ島は人口が三千四百人ほどしかいない小さな島だが、九つの稼働中の蒸溜所を抱えており、スコッチの名産地の一つだ。それぞれの蒸溜所ごとに味わいは違うが、どれも島独特の潮っぽさがあり、世界的にも人気を博している。

その中でもボウモアは『アイラの女王』という異名を取る有名な銘柄だ。現在のオーナーであるサントリーがそう称したことから一気にその異名が浸透したが、アイラ島の中でも最古の蒸溜所であり、さらに、かのエリザベス女王が訪問した、まさに『女王』の名に相応しいウイスキーなのである。

今でこそウイスキーは世界的人気に沸いているが、昔はそうではなかった。一部のファンがウイスキー不況で閉鎖が相次いだ一九八三年のことを「魔の八三年」と呼んでいるように決してウイスキー業界が常に好景気だったわけではない。この「魔の八三年」には九つの蒸溜所が閉鎖して一つが休止しているし、九〇年代に入っても三つの蒸溜所が閉鎖し、二つが眠りに就くことになってしまった。それらのウイスキーが他と比べて劣っていたわけではない。実際に今になって人気が出てきて価格が高騰している銘柄もある。しかし、どんなに味がよくても、世間の荒波には勝てない場合もあるのだ。

それは『女王』と評されるボウモアも例外ではない。九四年に今のサントリーに落ち着くまで、経営悪化から何度もオーナーが替わり続けた。それくらいにウイスキー業界は厳しい世界なのであり、だからこそ、世界的に知名度の高いボウモアは評価されているのだ。

それ故に、不破も昔からよく嗜《たしな》む銘柄である。ウイスキーというのは面白い飲み物で、蒸溜所が公式に出しているものでも時代によって味が変わる。ボトラーズと呼ばれる、蒸溜所から原酒を樽ごと買って、自分のところで熟成させたあとに瓶詰して販売しているものには味のばらつきがあることはよく知られているが、公式のものでも年代によって中身に大きな違いが出ることがあるのだ。ボウモアもそうで、不破がウイスキーを飲み始めた頃に出回っていたものは、スモーキーさの中にどこかトロピカルな甘さがあったのだが、九〇年代に流通していたものになると香水のような人工的な匂いへと変化した。そして、今はスモーキーさの中に元のトロピカルな甘さを取り戻しつつある。

そういう背景を知っているくらいに不破はボウモアを飲んでいる。そのことを安藤が知らないはずがない。ならば、どうしてわざわざボウモアを出してきたのか。

「不破さん。ここをちょっと見てください」

安藤がカウンター越しに細長い手を伸ばしてきて、ラベルの下の方を指差す。そこには白い文字でＥＮＩＧＭＡと書かれていた。

「エニグマ？」

「そうです。エニグマです。これは最初は免税店限定で発売されていたものなんですが、並行輸入品として発売されました。今はあまり見かけなくなってしまったのですが、先日、ご縁のあるバーテンダーの方から譲って頂きました。通常の十二年とは異なり、シェリー樽原酒を使っていますので、若干、華やかさを感じさせます」

流れるように説明し、不破に微笑みかける。安藤は決して客に酒を押しつけることはしない。その酒の特徴を短く、判りやすく伝えるだけだ。あまり客のことを考えていないバーというのは、その酒の希少性だけを強調したり、自分の好みを混ぜ込んで意図した方向へ巧みに誘導しようとする。話だけが巧い性質《たち》の悪い政治家のようなものだ。

だが、ここは違う。それが不破がこの店を気に入った一番の理由だった。

「そうだな……なかなか面白そうだからそれをもらおうかな」

一応迷ったフリをしたが、心の中ではもう決まっていた。飲んだことのない種類は興味があるし、何より、この季節にボウモアを薦められたことに神の存在を感じていた。ウイスキーの神様が、ボウモアを飲んであの事件について思い出せ、と云っているような気がする。

「承知しました。ハーフに致しますか？」

不破が『シェリー』を贔屓《ひいき》にしているもう一つの理由がこれだ。普通のバーでは三十ミリリットルのフルショットが標準だが、それだと懐に痛いし、他の種類を飲む前に酔っぱらってしまう。そのため、不破はいつも値段と量が半分のハーフにしてもらっているのだ。嫌がる店もあると聞くが、ここはそんなことはない。

安藤がきゅっと音を鳴らしてコルクを開ける。そして、銀色のメジャーカップに褐色のボウモアを慣れた手つきで注ぐ。メジャーカップは上下で大きさが違っていて、ここの店のものは大きい方が三十ミリリットル、小さな方が十五ミリリットルらしい。

その小さなカップになみなみとボウモアが注がれ、そこから口部に向けて緩やかに絞られた透明のテイスティンググラスへと移された。そして、安藤がグラスをゆっくりと揺らしてボウモアを少し波立たせたあと、不破の前に置いた。

まず、色を見る。琥珀色のようにもゴールドのようにも思える。一般的な十二年とさほど変わらない。

そのあと、不破は匂いを嗅《か》ぎながら、一口含んだ。

やはり現行のボウモア十二年と同じようにスモーキーさが出てくる。その直後にレモンのような香りも仄かに追いかけてきた。そこまでは同じなのだが、安藤の云う通り、微かに華やかな匂いも感じられる。レーズンとまではいかないが、それに近い香りだ。舌はもっと直接的に他の十二年との違いを不破に伝えてきた。

第一印象は飲みやすい、だった。ボウモアは他のアイラ島のウイスキーと比べると飲みやすい部類だが、それでもアイラ独特のヨード感はある。しかし、これにはそれが希薄な気がする。シェリーの香りも奥にあるダークチョコレートのような甘さを引き出しているし、アイラのウイスキーは苦手だ、という人でも飲めそうだ、と不破は思った。

「なかなかいいね、これ」

「そうですよね。わたしも美味しいと思いました」

安藤はちょっと自慢げに云い、にっこりと笑った。

笑みを返しつつ二口目を飲んだとき、ボウモアのスモーキーな匂いが不破の記憶の底からあの事件のことを引き上げてきた。

あれからもう五年になるのか——。

不破はウイスキーを口に含んだまま、背凭《せもた》れに身を預け、外に目を遣った。先刻まではどこも明かりを灯していなかったのに、今は夜の目のような光がうっすらとだがぽつんぽつんと見える。定禅寺通の向こうには東北でも屈指の歓楽街である国分町《こくぶんちょう》が広がっていて、けばけばしいネオンの装束の準備をして客を受け入れようとしていた。

あの日は夜勤でこんな風にしてぼんやりと外を見ていたな、と不破は思いながら、安藤

に目を戻し、

「あと一年も経たずに俺が定年なのは知っていたかな？」

「ええ、存じ上げております」

「仕事から解き放たれるのは嬉しいよ。でも、一つだけ心残りがあるんだ。ある事件についてなんだがね。安藤さんは『エアー』っていうバーを知ってる？」

「はい。お名前だけは存じ上げております」

「ということはそこで起きた五年前の事件もある程度は知ってるかもしれないね。実はあの事件を担当したのが俺だったんだ」

そう切り出していた——。

※

喩《たと》えるならば、自分は今、人生の夕暮れの中に立っていると思った。しかも、燃え上がるような真っ赤な夕焼けを背にしているわけでも、金色にも似た斜陽が射し込んでいるわけでもなく、じわじわと夜へと滲《にじ》んでいくような醜い夕暮れだ。

五十代も半ばに差しかかり、六十に手が届くくらいになったにもかかわらず、不破は平の刑事だった。若いうちはキャリア組ではないから仕方ない、焦ることはないと思っていたのだが、周囲が着実に昇進していくと焦燥が募り始めた。人並みに出世したいと考え出したのである。

だが、三度目の昇任試験に落ちたとき、不破は己がそういう類の人間ではないことを知り、出世の道を諦めた。それから不破の人生は傾斜し続け、いつの間にか、あたりも暗くなる夕暮れどきを迎えてしまった。

こうなると、もう偉くなりたいだとか、金を稼ぎたいだとかいう欲は一切なくなる。妻も子供もいないが、それなりのルックスを武器にして二十代から三十代にかけて女遊びをした不破にとっては、そういうものに未練はなかったし、むしろ重荷のように感じて、敢えて作ろうとはしなかった。女を抱く快感はよく憶えているが、嬌声に擦り切れて疲労したか残らないことをそれ以上に不破は知っていた。その疲れを受け止めるだけの体力が、四十代や五十代の不破の心には残っていなかった。

家庭もなく、地位もなく、名誉もない。そんな自分の人生はもう暮れかけているとしか思えないのだが、それはそれでいいと思うようになった。人に等しく死が訪れる以上、いつかは人生は日暮れを迎えるものだし、それを早々と認めて、ゆっくりとした生活を送るのも悪くはないと思えてきたのだ。

そんな不破の唯一の楽しみは『シェリー』でウイスキーを飲むことだった。ウイスキーというものは知れば知るほど奥が深い。いや、どんな酒にも奥行はあるので語弊があるかもしれないが、不破にはウイスキーが合っていたということだろう。

蒸溜所が閉鎖されてしまい、建物も壊されてしまったためにもう二度と飲めないウイスキーと出会ったときの感動は一入《ひとしお》だし、逆に新しく建設されたところのものを飲むときは生まれたての乳児を眺めるような感激がある。不破には子供がいないため、同じ感情は理解できないが、それでも何となくの想像はつく。いや、子供がいないせいか、逆に余計に産声をあげたばかりの蒸溜所のウイスキーへの愛情が湧く。

ウイスキーが傍にあればいい——いつの間にか不破は真剣にそう思うようになった。刑事という仕事をダラダラと続けているのもウイスキーを飲むためで、それ以上の意味を見い出すことはできなくなっていた。

そんなある日、ウイスキーに関連した事件が起きたのだった。

四月も終わりかけていて、世間はゴールデンウィークへと向けて浮ついていた。その年は飛び石連休となっていたのだが、それでもテレビや新聞は大型連休の人出について大々的に報道していて、早くも休みに突入したかのような騒ぎである。

刑事課の夜はそんな喧噪とは無縁で静かだった。夜勤だった不破は、今日は『シェリー』に飲みに行けないな、と思いながら、ブラインドの隙間から街を眺めていた。日が長くなったとはいえ、七時にはもう暗くなり、次々と街に燈《ひ》が灯り出し、夜の扉が開いていく。

コンビニに夕飯でも買いに行くかと思い、同じく夜勤の、ニキビの跡がまだ残る二十代の飯原《いいはら》に声をかけようとしたとき、電話が鳴った。

飯原はきびきびとした仕草で電話を取ると、

「はい……はい。ええ、はい。え、殺し？」

殺し、の部分だけ大きな声になり、思わず不破も財布を持とうとしていた手を止めた。

仙台《せんだい》市は東北最大の都市であるし、人口も多い。そのため、事件もそれなりに起きているのだが、殺人はそれほど多くない。不破も今までに数えるくらいしか担当したことがない。若手の飯原が驚くのも無理はないだろう。

左手で受話器を支えながら、飯原が右手でメモを取る。不破も、殺しと聞いてはのんびりと夕飯を食べている場合ではないと思い、深い溜息を吐いたあと、出かける支度をした。長い夜になりそうだ、と直感したが、まさか現場が一度も見たこともないような奇妙な状態になっていることまでは予想できなかった——。

「犯人はもう捕まっているらしいんですよ」

車へと向かう階段の途中で、飯原が不破にそう告げた。

「捕まってる？　やけに早いな。現行犯か？」

「いいえ、自首してきたそうです」

タンタンタン、と小気味よくリズムを刻みながら二人で階段を下り切る。薄暗い廊下に人影はなく、二人の足音だけが響いていた。

表に停めてあるグレーのセダンに乗り込みながら、

「自首か。なら、俺たちの出番は少なそうだな」

不破は助手席に腰かけ、シートベルトを締める。先刻、察知した予感は嘘だったのだ、とそのときは思った。

「そうだと思いますよ。殺しといっても、楽な仕事です」

能天気に飯原が云い、不破も頷く。犯人が捕まっているならば、あとはちょっとした証拠固めで仕事は終わる。死んだ被害者には悪いが、退屈な夜勤よりもこっちの方が楽だと不破は思った。

現場は国分町の端っこに建っているビルだった。国分町はただでさえ夜は騒がしいのに、数人の警官と野次馬たちに囲まれているせいで、そのビルだけお祭りでも開かれているかのように騒々しかった。チカチカと点滅しているパトカーのランプが物々しさを加えている。

ビルの前に立ったとき、不破はどこかで見たことのある建物だ、と思った。白というよりは灰色になってしまった壁は珍しくないものだし、パブや居酒屋やラーメン店が雑居しているビルもよく目にする。ビルの入り口にピンクや黄色といった目立つ看板が掲げられているのも、歓楽街ではよくある光景だ。

気のせいか、と思ったとき、人なみに埋もれている地味な茶色の看板が目についた。そこには白抜きの文字で、四階のところに『BAR・エアー』と書かれている。

それを見た瞬間、不破は心の中で、あっ、と小さな叫び声をあげた。

見たことがあるどころか、不破はここに来たことがある。国分町にバーは多く、とても両手だけでは数えられないほどあるが、その中でも『エアー』は有名な店だったのだ。一度、評判を耳にして来たことがあるが、メニューがなく、ウイスキーの値段がまったく書かれていないという上客しか狙っていない店だったため、不破はそれ以来、足を運んでいなかった。貴重なウイスキーもたくさんあるようだったから、値段を気にせずに飲む金持ちたちにはいいかもしれないが、不破のような貧乏公務員には向いていない。

「おい、まさか、現場はこの『エアー』じゃないだろうな？」

白い手袋をしながら、不破が飯原に訊くと、

「え、そうですよ？　その、『エアー』が現場です。不破さん、知っている店なんですか？」

意外だ、というように裕福な家庭に育った甘さの残る唇が云った。

「いや、知らん」

不破は動揺を隠しながら、そう嘘を吐いた。不破が酒好きだということは職場では知られていないし、バーに通っていることも誰も知らない。もちろん、飯原もそうだ。バー通いをしているという噂が流れても、それ自体は罪でも何でもないので後ろめたさはないの

だが、署内に知られると、バーというものに憧れだけを抱いているやつらが群がってきて煩わしくなる。そういうやつらは、ウイスキーやカクテルなどに興味があるわけではない。バーに行った、もしくは、バーに詳しい、ということに妙なステータスを見い出したがる。背伸びをした学生のような輩《やから》に構うのは御免だった。何より、そういうのがきっかけで『シェリー』という不破にとっての聖域が穢《けが》されるのは嫌だった。

不破は平静を取り繕いながら、飯原を連れてエレベーターに乗った。大人二人が乗ればそれだけで窮屈になる小さなエレベーターは、不破の脳裏に数年前のことを甦らせた。あのときはちょうど給料日で、たまには『シェリー』以外のバーに行ってみるか、と思い、一万円札を三枚ほど財布に入れてこのエレベーターに乗ったのだった。あまり予備知識はなかったが、高級なバーで飲めばそれくらいはかかるということは知っていた。もしかしたら、三万円が一晩で溶けてしまうかもしれない、とまるで初めて風俗に行く大学生のような気分になったのを思い出した。

そこまでは憶えている。だが、店の中の様子や肝心の飲んだ酒の銘柄やバーテンダー、それと交わした会話が全然思い出せない。

それはエレベーターを降りても同じだった。小豆色の狭い廊下が延びていて、右側に小さな店がいくつか極彩色の看板を出している。現場となった『エアー』は一番奥にあり、『KEEP　OUT』と黒い文字で書かれた黄色のテープが張ってある向こうに、警官の群がりがあった。

不破と飯原が歩いていくと、警官が敬礼をしながら道をあけた。大人二人が通るのがやっとの狭い廊下である。

『エアー』と書かれた絨毯《じゅうたん》を踏み、中へ足を踏み入れた不破は思わず鼻を白いハンカチで覆った。その場に無残な死体が転がっていたわけでも、酷い腐臭が鼻をついたわけでもない。強烈なウイスキーの匂いが鼻腔を刺したのだった。

店内は『シェリー』よりも狭かった。L字型のカウンターがあるのだが、六人くらいしか座れない狭いものだし、奥にはテーブルが二脚しかない。何より、窓が一つもないため、妙に狭く感じられる。日光どころか月光さえも射さない店内は、数え切れないくらいのウイスキーのボトルと綺麗に磨かれたグラスで夜を閉じ込めた、いかにも大人の遊び場といった空間だった。

カウンターの中に顔馴染みの鑑識がいる。

仏はどんな感じか、と訊こうとしたが、それよりも店内を満たしているウイスキーの匂いについて訊きたかった。

「おい、この匂いはどうしたんだ？」

カウンター越しに訊くと、無精髭を生やした鑑識官が立ち上がりながら不破を見た。

「こいつだよ」

遺体の周囲を指差した。天井からぶら下がったランプの燈は、うつ伏せになった遺骸を舐《なめ》すように流れていて、頭が派手に割られているにもかかわらず、明かりはじっと静かに人間だったものを照らしている。ボトルの並べられている棚のバックライトとは違い、室内にぶら下がっているランプの燈は『シェリー』のような暖色ではなく、若者たちが集うクラブのような蒼白い色をしている。頭から流れている血はまだ生々しく、黒い床に赤い放射線を描いていた。

ただ、血の色が薄い。赤は赤だが、何かと混じっていて、鮮血、という色はしていない。

そう思いながら不破が遺体の傍らに目を遣ると、煌めくものが視界に飛び込んできた。凶器がウイスキーのボトルで、飛び散っているものが硝子の破片だということは判ったが、零《こぼ》れているウイスキーと混じって色が霞んでいるのか、活きの悪い魚のくすんだ鱗のように見えた。

鑑識官は平静を保った声で、

「仏さんはウイスキーの瓶で殴られたみたいだな。後ろから一発。即死だっただろうな」

「他に外傷はないんだな？」

不破が訊くと鑑識官はやる気なさそうに染みの浮いた手をぷらぷらと振り、

「ないない。後頭部の傷一つ。それでお陀仏だよ。実際、犯人もそう云っているらしいしな」

「それで中身のウイスキーが飛び散って、このありさまってわけか」

不破はもう一度、鼻をハンカチで押さえた。ウイスキーは口に含めば、スモーキーさやピーティーさや果物の匂いや、時には御香のような香りが感じられるのだが、ここまで広がっていると、アルコール臭さしか感じられない。

不破が、間近で見てもいいか、と訊くと、鑑識官は頷き、カウンターから出た。カウンターは狭く、大人が二人か三人しか入れないのだ。

鑑識官と入れ違いに遺体の傍らに立ち、形式だけの合掌をしたあと、検分を行う。頭は柘榴《ざくろ》が割れたように派手に割られていて、確かに一撃で命が奪われたのが即座に判った。また、凶器となったボトルも軀《からだ》の足許の方に転がっている。ほとんどが砕けているが、ラベルを貼ってある部分だけはウイスキーを被って濡れているだけで、文字は読めそうだった。

胸の裡《うち》で眠っていたウイスキー好きの虫が騒いだのかもしれない。不破の手が無意識のうちに、その大きな破片を摑んでいた。

「えっ」

ラベルを見た不破の口から思わず声が漏れる。

「どうした？」

「どうかしました？」

鑑識官と飯原の声が二重になって不破に浴びせられた。

「い、いや、何でもない」

不破は二人の顔を見ず、ラベルを凝視しながら、そう答えた。

当然だった。黒いラベルには、やけに上等そうな白抜きの文字で、『BLACK BOWMORE』と書かれており、さらにその下に『42』という文字が誇らしげに刻まれていたのだから。

ボウモアを愛好する人間にとって、ブラック・ボウモア四十二年、というのは羨望と畏敬の対象である。ボウモアは様々なラインナップがあるが、ブラック・ボウモアは過去に四回しか発売されていないレアなものなのだ。シェリー樽で熟成を重ね、黒に近い印象的な液色から、ブラック・ボウモア、と命名されたらしいのだが、そこまで色がつくほど寝かせたものはいくら歴史あるボウモア蒸溜所といえどあまりリリースされていない。そもそも、四十二年といえば、人間の一生の半分近くの年数である。それだけの年を樽の中で寝かせようという発想が、まず、馬鹿げている。しかし、馬鹿げているからこそ、不破を含めた多くのファンを魅了しているのだろう。

ラベルからして、凶器に使われたブラック・ボウモアは二〇〇七年あたりに発売された四度目のもののようだ。不破の記憶によれば、全世界で八二七本しか生産されておらず、日本には九十本しか割り当てられていない、希少中の希少ボトルだったはずである。当時の価格で五十万円から六十万円だったと思うが、瞬く間に値が上がり、八十万円近くまで急騰したと記憶している。今だったら、未開封ならば、百万円を軽々と超え、〇がもう一つついてもおかしくはないだろう。となると、ハーフの十五ミリリットルでも五万から十万円はするはずだ。良心的な店では二万円でハーフが飲めると聞いたことがあるが、それでも破格の高さである。

そのブラック・ボウモア四十二年がこの世から一本消えてしまった。あまりにあり得ない現実に不破は驚くのに十秒ほどかかった。人類の至宝とも云える代物が失われたことに対する悲しさが込み上げてくるのに一分はかかった。この世で最も贅沢な凶器の一つを使って殺人を犯した犯人への憎しみは五分ほどしてようやく湧き上がってきた。

「……聞いてます、不破さん？」

呆然としている不破の耳に飯原の声が刺さった。

「ん？　すまん。聞き逃していた。ちょっと匂いにやられてな」

小さな嘘を吐く。まさか、刑事がウイスキーの喪失に悲しみ、別の角度から犯人を憎んでいたなどと云うわけにはいかない。

「しっかりしてくださいよ、不破さん」

飯原は学生のような色を少し抜いた茶髪を掻き上げながら云い、

「被害者はここのバーのバーテンダー、石谷《いしたに》真吾《しんご》」

「ふむ。バーテンダーか」

「犯人は同じくバーテンダーで、ここのマスターの梶浦順三《かじうらじゅんぞう》です」

「ふうむ。犯人はその梶浦で決まりなのか？」

「ええ。自首してますからね。自分がウイスキーのボトルで石谷の頭を殴ったと云ってます」

不破が死体から少し離れ、現場を俯瞰する。棚には無数のウイスキーのボトルが死者を弔うように、バックライトに照らされて燈明に似た光を放っている。

それを見ながら、不破はふと疑問に思った。

どうして、梶浦はよりにもよってブラック・ボウモア四十二年で石谷を殴り殺したのだろうか。殺すためだけならば、他のボトルがたくさんある。例えば、普通に売られているボウモアの十二年は同じ形状の筒型のボトルだから、それで殴ってもよかったはずだ。梶浦は何故、わざわざ、ブラック・ボウモア四十二年という日本でも数えるくらいしかない希少なもので殺したのだろうか。

ただの気紛れかもしれない。面倒事を迅速に処理したがる上司に云えば、殺人犯なんてどこか普通ではないのだからそこまで詮索する必要はない、と云うだろう。それは長年刑事をやっている不破にも判っている。けれども、いくら理性が否定しても、ウイスキー愛好家としての心はしっかりとその疑問を摑み続けた。

「動機は？　梶浦はどうして石谷を殺したんだ？」

本当ならば、どうしてブラック・ボウモア四十二年で殺したのか、と訊きたいところだが、ウイスキーに興味のない飯原はぽかんとするだけだろう。だから、不破は一般的な問いを投げた。

「店の金を使い込んでいた上に、何度か商品を盗み飲みしていたみたいなんですよ」

なるほどな、と短く不破は答え、視線を棚の方に移す。バックライトに照らしだされ、石谷を見下ろす恰好になっているウイスキーのボトルたちは殺人という血腥《ちなまぐさ》い翳《かげ》をまったく感じさせない。一人の人間の死の傍らで並んでいるボトルたちは、警察関係者たちの動きによって微かに色を蠢《うごめ》かせるものの、まるで能面でも被ったように無表情に見えた。

「何にせよ、簡単な事件ですよ。鑑識によると凶器はウイスキーのボトルらしいですし、そこからはちゃんと梶浦の指紋が出てます。何より、本人が素直に罪を認めてますからね。僕らの出番なんてないですよ」

「そうかな……」

「え？」

「いや、何でもない」

不破は思わず自分の口から零れた言葉を取り消すように咳払いをして、現場から離れた。

遺体や血の飛び散った現場を見たくなかったわけではない。無残な姿になってしまったブラック・ボウモア四十二年の遺骸をこれ以上見たくなかったのだった。

不破は署に着くと、早足で薄暗い取調室に向かい梶浦と顔を合わせた。

椅子と机しか置かれていない小さな部屋に梶浦は閉じ込められていた。閉じ込められていたというと誤解を招くかもしれないが、背後には鉄格子が嵌《はま》った窓があり、横からはマジックミラー越しに刑事に監視されている。閉じ込められているというのがぴったりな表現だった。

だが、梶浦は悠然と構え、時には刑事の質問に笑い声混じりに応えていた。それどころか、逆に刑事に、捜査の進展具合はどうか、尋問はいつもこんな風に二人で行っているのか、はたまた、カツ丼は本当に出るのか、という緊迫感のない質問まで投げかける始末である。

歳は五十六歳だと聞いていたが、店と変わりなく和やかに刑事に応対しているところを見ていると、何歳なのか判らなくなる。恰好は『シェリー』のマスターと同じく黒いジレとパンツ、それと黒い蝶ネクタイをしているのだが、夜を知り尽くしたような蒼白い肌は若々しく見えるし、饒舌《じょうぜつ》な喋り方が五十代のものとは思えない。ただ、安藤と違って、同じバーテンダーなのに夜の匂いが染みつきすぎていて、その分、危機を回避するための狡猾さをコートのように羽織っているように見えた。

午後九時を回っている。逮捕に始まり取り調べをしている後輩刑事は、梶浦の飄々とした物腰に苦笑いを浮かべている。そのため、不破が代わりに尋問することになった。ただ、不破の興味は一点である。何故、梶浦がブラック・ボウモア四十二年という高級な凶器を使ったか、ということである。

不破は後輩の刑事に下がるように云い、安いパイプ椅子に座るなり、梶浦を睨《ね》めつけ、

「あんた、どうして石谷を殺した？」

梶浦は薄いチョビ髭を揺らしながら鼻で笑うように息を吹き出し、

「刑事さんたちはまるで酔っ払いみたいだ。うちのバーにもそういう人がよく来ますよ」

「そんなものと一緒にしてもらっちゃ困る」

「でも、同じでしょう？　先刻の刑事さんも同じことを訊いてきましたよ？」

「じゃあ、もう一度同じ答えを返してくれないか」

仕方ない、と呟いたあと、動機について話し始めた。雇い始めて十年近くになるが、店に馴染んできた分、図々しさも増したのか、最近は給料の値上げを要求してきた。それほど儲かっていないから、と突っぱねると、梶浦の知らぬところで売上を誤魔化して懐に入れるようになってしまったらしい。その上、梶浦が苦労してコレクションしてきた商品のウイスキーにまで手を出した。だが、その二点は梶浦にとって些細な問題らしい。梶浦が最も憤懣《ふんまん》を込めて語ったのが最後の点だった。ウイスキーを盗むのは金を盗むよりも大罪だ、とまで云い始めたのである。

「これがわたしが石谷を殺した動機です。どうです、充分でしょう？」

不敵な笑みを浮かべる。その笑みに不破は嫌悪感を覚えた。

刑事をしていれば嫌な犯人にも、同情すべき犯人にも出くわす。だが、こんなにも余裕綽々《しゃくしゃく》でこちらがイラつく犯人も珍しかった。人を殺すほどの憎悪が胸から滲み出ていればもっと興奮した口調になるはずだ。そういう犯人に慣れている不破にとって、梶浦はやりにくい相手だった。

不破は両手を組み、

「じゃあ、話を少し変えよう。どうして、あんたはブラック・ボウモア四十二年で石谷を殴り殺した？」

ぴくり、とマジックで書いたような太い眉が動いた気がした。それまでは自分が被告であることを忘れているかのような、他人事のような態度を取っていたのだが、この問いに対してだけは強い反応を示した。しかし、それもすぐに微笑に包含し、

「刑事さん、ウイスキーにお詳しいんですね。まさかブラック・ボウモア四十二年をご存じの刑事さんがいらっしゃるとは。安酒を飲んでいるイメージがありました。失礼いたしました」

恭しく頭を下げてみせてから、

「特に理由などありませんよ。たまたま、頭に血が上ったときに手許にあっただけです」

「たまたま？　あそこには何種類ものボウモアが置かれていた。安物からそこそこのもの、そしてブラック・ボウモア四十二年という特上まで。現場の写真を見たんだがな、あんたが手に取ったボトルは奥に置かれていた。たまたまにしてはおかしい」

　棚に並べるとき、ウイスキーは大体、二列か三列に並べられる。一列で並べると数が多すぎて場所を取りすぎるからだろう。それに、地震などがあったとき、奥に貴重なボトルを置いておけば前のものが支えになって落ちにくい。そういう理由もあると不破は思っている。

　だから、必然的にブラック・ボウモア四十二年という代物は後ろに置かれる。実際に現場の写真を見たとき、通常のボウモア十二年の後ろに空間ができていて、そこにブラック・ボウモア四十二年が置かれていたことが判った。つまり、梶浦はわざわざ後ろに手を伸ばして、瓶を取り、それで石谷を殴ったのだ。そこに何らかの意図があるとしか思えない。どうして、百万円は下らないウイスキーで人を殺したのか。不破の頭はそのことでいっぱいだった。

　しかし、梶浦は感情を忘れたような乾いた声で、

「ちょっと感情的になりすぎじゃありませんか、刑事さん？　そりゃ、ブラック・ボウモア四十二年は希少なものです。博物館や美術館で飾られるような芸術品と云っても過言ではないでしょう。特にブラック・ボウモア四十二年は歴史的遺産のようなものですよ」

無言で頷く。その通りだ。だが、梶浦は唇の端を捻って冷笑しながら、

「でもね、殺人鬼の前ではそれは凶器でしかなかったんですよ。それだけのことです」

「いや、あんたほどの人間がいくら頭に血が上ったとはいえ、そんなことをするはずがない。ブラック・ボウモア四十二年で人を殴り殺すなんて馬鹿なこと、するはずがない」

「でも、それをやっちゃったんですよ。間違いありません」

「じゃあ、率直に訊くが、どうしてわざわざ棚の奥に置かれていたブラック・ボウモア四十二年のボトルを手に取った？」

「あのときは頭が真っ白で。わたし自身にも判りません」

「馬鹿な。そんな馬鹿なことをあんたがするわけがない」

先刻から同じような台詞を喋っていると気づきつつも、不破はそう云わずにはいられなかった。

不破の語調が強くなり、薄暗い取調室に反響した。それに呼応するかのように、頭上の蛍光灯に絡んでいる羽虫が音を立てた。暖かくなったせいだろう、虫がどこからか湧いてきて、刑事と被疑者だけしかいないはずの部屋の間隙に入り込んでいる。

十数秒はその音が騒がしかったが、虫が蛍光灯の隙間に入り込んでしまったのか、羽音が途絶えた瞬間に、不意に梶浦が口に手を当てて笑い出した。甲高い笑い声があっという間に取調室に広がり、占領する。聞いている人間の背筋が凍るような、冷たく、嫌な笑い

声だった。

　不破がイライラしながら、何がおかしい、と訊くと、

「そりゃ、おかしいですよ。だって、刑事さんの職業はわたしみたいな殺人犯を捕まえることでしょう？　なのに、今はわたしを容疑者の圏外に置こうとしている。まるで弁護士ですよ」

　不破は首を振ろうとした。梶浦の、男としてはピンクすぎる唇の色を否定したかったのかもしれない。まるでルージュでも塗ったかのような唇は声までも化粧させ、言葉を嘘のように感じさせる。

　感じさせる、ではない。嘘だ。梶浦は何か嘘を云っている。そうとしか不破には思えなかった。

　だが、何が嘘でどこにどんな虚飾を施しているのかが判らない。供述には何ら矛盾はないし、不破の『勘』以外の総ての状況が梶浦を殺人鬼だと示している。何らかの秘密を隠していると思っているのは不破だけであり、さらに云うならば、不破の『勘』だけが、おかしいと告げているのだ。

　しかし、それが何なのかは判らない。不破の体の奥底に埋まっている信号が危険だと点滅している。

　この男の計画は着々と進行している。俺たち刑事に罠を用意している――そう思った。

だが、これ以上訊いても何も梶浦は答えないだろう。薄ら笑いを浮かべ、自らの罪を認める梶浦を前にして、不破は黙るしかなかった――。

不破の意思とは別に、円滑に取り調べは進み、あっという間に梶浦は起訴された。不破は動機におかしな点があると、何度も何度も上司に食い下がったのだが、そんな些細なことに囚われているからお前はいつになっても昇進できないんだ、と罵倒されて終わってしまった。

しかし、腑に落ちない不破は独自に捜査をすることにした。何度考えても、ブラック・ボウモア四十二年を凶器にするのはおかしい。自分の知らない何かが秘匿されていると不破は思ったのだった。

梶浦が起訴された三日後、不破は『エアー』の常連客と密かに会おうとしていた。二人の間柄を知っていて、なおかつ、ウイスキーに造詣がある人間の話を聞きたいと思ったのである。

少し外に出てくる、と曖昧な理由をつけて刑事課を出た不破の頭上には、早くも夏を思わせる太陽が輝き、四方に光の雨を降らせている。すっかり葉桜になった桜の大樹もその光を浴びて、花があったとき以上の美しい新緑でその身を飾っていた。澄んだ光を透かしている葉は微風に揺られながら、砕いた翡翠のように綺麗な色で不破を見下ろしている。

不破はジャケットを脱いで肩にかけ、車をコインパーキングに停め、常連客の家へと向かっていた。和光孝三郎《わこうこうざぶろう》という老人が住んでいる家は、仙台市街から離れた泉《いずみ》区にあった。泉区は仙台市のベッドタウンとして発展しており、多くの団地が存在している他、住宅が所狭しと建っていて、ちょっとした迷路のようになっている。

同じような家ばかりだな、と思いながらいくつかの角を曲がったとき、大きめな邸宅が目に飛び込んできた。洋風の家が建ち並ぶ中、その家屋は純和風で、二階建ての屋根には瓦が並んでおり、水面のようにきらきらと光を遊ばせている。また、石造りの門も絶妙に苔むしていて、その上に伸びている松の枝と競演して純朴さと歴史を醸し出していた。この一画だけが春光を浴びて、昔ながらの日本家屋が重ねてきた歴史を様々な色で甦らせている。それが家人である和光の威厳そのもののように思えた。

実際に和光は任侠映画から出てきたような、風格のある人物だった。事前に不破は和光はS銀行の副頭取まで登りつめたほどの人物であることを知っていたが、たとえそれを知らなかったとしても、畏《かしこ》まってしまうような雰囲気がある。家紋らしき鶴が白く飛んでいる濃い藍色の単衣の着物も、和光が着ると馴染んでいて、まったく違和感がない。

客間に通された不破が話の切り出し方を迷っていると、

「そう畏まらんでくれたまえ。わたしはもうただの隠居爺に過ぎんよ」

はあ、と答えたものの、正座を崩すわけにはいかない。やけに厚みのある座布団と、鉱石のように光沢のある小豆色のテーブルが足を縛りつけている。

「石谷くんが殺された事件についてだろう？」

「ええ。そうです。和光さんはあのバーの常連だったと聞きました」

和光は黒眼鏡の縁をずり上げながら、

「週に一度ほど、伺っていたかな。定年後は好きなことができる、と思っていたんだが、いざ時間ができてみるとやりたいことが見つからない。趣味や楽しみというのは、せいぜい、ウイスキーを飲むことくらいだったと気づかされてな」

「それで『エアー』に行っていたんですね？」

「まあ、そういうことになるな。あの街は老人には騒がしすぎるのであまり好かないんだが、他になかなかいい店がなくてね。あそこはいい品揃えをしていたな。わたしもそれなりにコレクションをしているつもりだが、あそこには敵わんなあ」

ふっと視線が不破から逸れ、和光の目が部屋の隅に置かれているショーケースへと移った。和風の家には似つかわしくない、真っ白なショーケースには百ほどのウイスキーが綺麗に陳列されている。ざっと目を通しただけでも、出すところに出せば総計で数百万円から一千万円の価値はあるだろう。

気持ちがそちらに逸れたが、本業を思い出し、

「和光さんから見て、梶浦と石谷の仲はどうでした？」

内ポケットから手帳を取り出して、メモを取る準備をする。

「そうだな。わたしの前では仲良くやっているように見えたな」

「それなんですがね。梶浦によると、石谷が店の金を抜いてたらしいんですよ。その上、貴重なウイスキーをこっそりと盗み飲んでたようなんです」

すると、和光は驚きもせず、昔を懐かしむように目尻に皺を刻み、

「はっはっはっ。石谷くんらしい。実に石谷くんらしい行動だな」

「というと？」

「いや、何度かあったんだよ。梶浦くんがいない日は、遅くになると、わたしと一緒にウイスキーを飲んでいた。内緒にしてくださいね、なんて云いながら、店のウイスキーに手を出していた」

常習犯だったというわけか。和光が知っているくらいだから梶浦も前々から気づいていたのかもしれない。そう不破が納得しながらメモを取っていると、

「ところで、刑事さん。石谷くんは梶浦くんにウイスキーの瓶で殴り殺されたと聞いたが？」

「ええ。そうです」

不破は首肯しながら答えた。これはもうマスコミにも流れている情報なので、機密でも何でもない。

しかし、次の瞬間、不破は耳を疑った。

「もしかして、それはボウモアだったんじゃないのかね？」

ぎくり、とした。背中には硝子越しの陽射が切りかかっていて、暑ささえ感じるのだが、額に浮き出たのは冷や汗だった。ボウモアというのはマスコミには発表していない。それなのに何故――？

不破の顔色が変わったのが判ったのだろう、和光は微かな小皺を漂わせながら笑い、

「驚かせたようだね」

「ええ」

「どうしてボウモアだと判ったか、不思議に思っているかね？」

はい、と素直に不破が頷くと、和光は悠然と緑茶を啜ったあとで、

「大したことじゃあない。石谷くんは大のボウモア好きだったからね。死に際にはボウモアが相応しいと思っただけだよ」

「そこまでボウモアが好きだったんですか？」

初耳だった不破の手に力が籠る。この奇妙な事件の謎を解く鍵があるような気がした。

「ああ。石谷くんは貴重なボウモアを海外に買いつけに行くほど、愛していたよ」

蒸溜所が正式に出している銘柄のほとんどは日本に入ってくるが、ボトラーズの特殊な種類のものは海外止まりになってしまうことがある。ボウモアも時折、イタリアやイングランド限定、といった商品が出る。石谷はそういったものを手に入れるために渡航してい

たのだろう。

「正確には、海外で買っていたのはボウモアだけではないがね。他のウイスキーや現地のグラス、あと、塩とかも仕入れていたな。グラスの縁に塩を塗るソルティ・ドッグというカクテルがあるだろう？　それに使うための塩だよ。ソルティ・ドッグというものは塩一つで味が変わるものだからね」

石谷はそういうものの仕入れも任されていたのか。石谷の性格からして、余計なものも買っていたような気もするが、そこは梶浦が大目に見ていたのだろう。

「刑事さんの想像している通り、店では大して使えない道具も買っていたみたいだがね。詳しくは石谷くんも教えてくれなかったが、いわゆるおもちゃのようなものも店の金で仕入れていたらしい。梶浦くんは石谷くんのそういう遊び心を知っていたから許していたようだがね」

そこまで云うと、和光は話を自ら元に戻し、

「だが、石谷くんのボウモアにかける情熱だけは半端なものではなかったな。遊びを入れる余地がないほどに本気だった。わたしはただのウイスキー愛好家だが、彼はボウモア愛好家だった」

そこまでのボウモア好きだと知らなかった不破は思わず、

「その石谷がブラック・ボウモア四十二年で殴り殺されたのは妙な因果だな……」

そう呟いてしまった。ブラック・ボウモア四十二年が凶器となったことは非公開なので、和光の前では口外できないのだが、不破の意思とは別に口が勝手に言葉を発してしまっていた。

「ほう。あれが凶器だったのかね。いい酒だった。といっても、わたしの舌では同じボウモアの長熟ものと区別はつかなかったが」

謙遜とも本音ともつかないことを云ったあと、

「それにしても、なかなか高級なものを使ったな、梶浦くんは。死者への餞《はなむけ》といったところかな」

「死者への餞?」

その単語を聞いた瞬間に、不破は数秒前の自分の失言を忘れていた。そんな発想は不破にはまったくなかったからだ。

「殺すほど憎いが、せめて、最期くらいはよい思いをさせてあげたい——そんなことを思って梶浦くんは石谷くんをあれで殴ったんじゃないかと思ったんだが。それは見当違いかね?」

正直、不破は戸惑っていた。軽々しく首肯するのも躊躇《ためら》われたし、かといって、否定する証拠もない。しかし、取調室での態度を見る限り、そんな慈愛に満ちた男ではないような気がした。

答えに窮していると、和光は笑いを堪えるように頬を奇妙に窪ませて、

「半分冗談だよ」

「でも、半分は本気なんですね？」

「そうだな。梶浦くんなら、そういう粋なことをしそうだ。いや、それよりも、殺されると覚悟した石谷くんが、どうせなら俺の愛しているやつで殺してください、なんて頼んだかもしれんな」

本人はブラックジョークのつもりなのだろうが、不破は引き攣《つ》った笑みを浮かべることしかできなかった。不破もそれなりに危険な橋を渡ってきたが、和光は別種の修羅場を潜っているのだろう。それが和光の倫理観を完全に麻痺させ、知人が一人死んでいるという現実を薄らいだものにしているのだと不破は思った。

「石谷はそこまでボウモアが好きだったんですか？」

「ああ。そうだとも。偏愛していたと云ってもいいだろうな。新しくリリースされるものはほとんど飲んでいたはずだよ。海外向けのものも含めてね」

オフィシャルだけならば数多く日本に入ってくるし、有名なボトラーズのものならばチェックを欠かさなければ入手できるだろう。しかし、海外向けのものは現地へ飛ばなくてはいけないこともある。石谷のボウモア好きは狂気に近いものだったかもしれない。

「石谷くんは常々こう云ってたよ。ほとんどのボウモアを飲んだがこのブラック・ボウモ

いたげだった。

ア四十二年に敵うものはない、これに溺れて死ぬなら命なんていらない、とね」にたり、と和光が金歯を見せながら笑った。餞と云った意味が判っただろう、とでも云いたげだった。

不破のような人間からすると想像しにくいことだが、梶浦が慈悲のようなものを見せて、石谷への最期の手向けとして一番好きなウイスキーで殺した、ということも考えられなくはない。石谷は、ボウモアのために生き、ボウモアのために死んだ、とでも云うべきだろうか。今までの悪行を梶浦に懺悔《ざんげ》し、一思いに一番好きなウイスキーで殺してくれ、とでも石谷は懇願したのだろうか。梶浦はまるで切腹の介錯人のようにそれに応じた。そういうことを和光は云いたいのかもしれない。

不破はそこまで想像したが、首を振って、馬鹿な考えを振り払った。

いくら石谷がボウモアを愛しているからといって、わざわざブラック・ボウモア四十二年で殺してやろうなどと梶浦は思わないはずだ。それ以上に取調室で聞いた梶浦の冷たい笑い声が今でも耳の奥で鳴り響いていて、不破には到底そんな優しさのあるような人間だとは思えなかった。

そもそも、不法行為が発覚したからといって、じゃあ自分を殺してください、などと云う人間がいるだろうか。その時点でおかしい。贔屓にしていたボウモアで死ぬのが夢だったという変人の理屈はあるかもしれないが、さすがにそれは考えにくい。

万が一、覚悟を決めて、ブラック・ボウモア四十二年で殺してくれ、と梶浦に懇願したなら、正面か横から殴られているはずだ。後ろから、というのはおかしい。

「刑事さんは不満のようですな」

「ええ。いくら愛しているからといって、それで殺してくれ、などと云うでしょうか？」

「わたしも自分で云っていておかしいと思っている。だが、ウイスキー信奉者はどんなことを考えるか判らない。刑事さんも、ウイスキーのために死を望む人間がいるということを知っておいた方がいい。こう云うと批判されそうだが、幸せな心中のようなものだ」

梶浦も石谷もウイスキーの魅力に取り憑《つ》かれ、その行動は理解に苦しむ信奉者である。しかし、和光の論理で云えば二人の行動は筋が通っているということになってしまう。そのまま鵜《う》呑《の》みにすることはできないし、いくらウイスキーが主人公の不可解な事件とはいえ、そんな奇妙な理屈で片付けられるものではないと不破は思った。現実はそこまで作り物ではない。

割り切れない気持ちが残っていたせいか、和光の家を辞して歩いている最中に見える景色も作り物めいて見えた。春と夏の間の陽射に洗われ、青葉は目に染みつくほどに美しかったが、途中で見かけた神社も、ケヤキ並木も、総て間に合わせのために作られた舞台の書き割りのように素っ気なく映り、不破の心は晴れなかった。

結局、心に残った蟠《わだかま》りが晴れないまま梶浦の裁判は始まり、世間は元より警察関係者でさえも事件のことを忘れる頃に結審がなされた。二度ほど裁判の傍聴に不破も足を運んだが、梶浦の高校時代の同級生だという弁護士が有能だったせいもあり、裁判官の被告に対する心証はかなりよさそうだった。弁護士はいかに石谷の普段の行いが酷かったか、またそれに対してどれほど梶浦が心を痛めながら堪え忍んでいたかを浮き彫りにし、有利に裁判を進めたのである。それに加え、仕方なく手を血で染めた、という梶浦の演技が裁判官の心を動かしていた。

検察側の求刑は懲役二十年だったが、大幅に軽減され、判決は十年となった。求刑と判決には十年もの差があり、それが優秀な弁護士と梶浦の演技の大きな成果だった。

懲役十年というと、場合によっては五年くらいで仮釈放が認められる。死んだ石谷の命はその程度のものであり、梶浦が犯した罪の重さもそれくらいのものでしかないということだ。それが妥当なものなのかどうなのか、不破には判らない。ただ、何より判決を聞いているときの梶浦の顔が気に入らなかった。

梶浦は一人だけの静寂の中に身を置き、そのまま俯《うつむ》いて両手で顔を覆い、化石のようになっていた。しかし、裁判長が判決を述べた瞬間、手の隙間から見える口許が醜く歪み、白い歯が零れて見えた。まるで、法律や警察に勝利したとでも云うかのように、取調室で何度も見た、あの冷たい笑みを浮かべたのである。

それが不破と梶浦の最後の縁となった。検察側も弁護士も抗告しなかったため、懲役十年が正式に決まった。それからというもの、不破は心に靄がかかっていると判りつつも、事件のことを忘れようとした。それを支援するかのように、時間が思考を押し流し、習慣の中で事件は風化していったのである——。

※

不破が一通り話し終える頃には、外の闇は墨のように濃くなっていた。闇を映した窓硝子は夜の鏡となって、五年前よりもやつれた不破の横顔を描き出している。話し疲れたわけではないが、あの事件を思い出したせいで、自分の顔がやけに痩《こ》けて見える。それだけ不破にとっては思い出したくない事件だった。

「人間ってのはおかしな生き物だからな。道理が通らないことはよくある」

五年間、心の中で燻《くす》ぶらせ続けた事件に言い訳するように云うと、不破は二杯目のボウモアを咽喉《のど》に流し込み、話を終わらせようとした。しかし、こうして過去の記憶の糸を辿り、安藤に話してみると、やはり未練という名前の病巣が記憶の中に巣食っていて、未だに自分を蝕《むしば》んでいるような気がする。

「梶浦は絶対に何かを隠しているんだ。判決を聞いた瞬間の勝ち誇ったあいつの顔が忘れられないよ。でも、もう真相は闇の中、だな」

すると、それまでじっと黙って相槌を打って聞いていた安藤が口を開き、遠慮がちに、

「差し出がましいようですが、お手伝いいたしましょうか？」

「手伝い？　いや、どうして梶浦があんな凶器を使ったかっていう謎が解けるようなら是非とも手伝ってもらいたいが……」

意外な言葉に不破はびっくりしたし、血腥いものとは縁のなさそうな安藤が話を聞いただけで解明したとは俄かには信じがたかった。ただ、常に微笑みを絶やさない安藤の目には、梶浦の凶行の全貌が映っているような気もしていた。

返事を聞くと、安藤はまず少なくなった不破のグラスにチェイサーを注ぎ、

「承知いたしました。実は既にわたしの方で用意しておりました」

「え？　本当に俺の話を聞いただけで真相が判ったってことかい？」

「はい。不破さんがとてもご丁寧にお話ししてくださったので、よく判りました」

そう云われても、不破はやはり信じがたかった。安藤に対して疑心を抱いているわけではない。しかし、あの話だけで真相という細く長い道の先にある宝物のようなものを見つけられるだろうか、とも思っていた。

灯り始めた街の燈が、夜へと掠れて慌ただしくなってきた仙台の街とは逆に、安藤は不破に安心感を与えるような柔らかい眼差しをしている。バタバタとした時間が止まり、ぬるま湯に似た温かさを不破は感じていた。

「和光さんが仰ったことは非常にロマンのある推理だと思います。しかし、少々、非現実的かもしれませんね」

「そうだね。いくら頭がおかしくても、好きなウイスキーで殺してくれ、なんて頼む人間はいないだろうし、よし判ったと云ってそれを実行する馬鹿はもっといないだろうから」

不破が頷いた。和光や上司の説明では納得がいかず、かといって、これだ、という答えは結局導き出せなかった。もどかしさは感じていたが、割り切るのが大人だと自分に云い聞かせて、心のざわめきを抑えてきた。だが、安藤に打ち明けているうちに、久しぶりに古傷が遠い痛みのようになって胸にこみ上げてきたし、梶浦の行動に最初に違和感を抱いたのは自分だという自負のようなものがある。その二つ、そして安藤の包容力のある目が不破に言葉を紡がせた。

「安藤さん、説明を続けてくれるかな？」

不破は自分でも気づくくらい、声色が変わっていた。五年間、熟成させてしまった謎がもしかしたら総て氷解するかもしれないという淡い期待が含まれている。再び疼《うず》き出した傷を癒してくれるかもしれない。

安藤は、では続けさせて頂きます、と云い、

「不破さんのご明察通り、梶浦さんが敢えてブラック・ボウモア四十二年を凶器に選んだのには理由があったのだとわたしも考えております。同じボウモアでも『エアー』の棚に

あった他のものでは意味がなかったと思います。お話に出てきたものを凶器にしなければならない理由があった。そのように考えるのが当然のことだと思います」

「やっぱり安藤さんもそう考えるんだね。でも、肝心のどうして梶浦があのボトルを選んだのかが、判らないな」

「シンプルすぎる答えになってしまい拍子抜けなさるかもしれませんが、梶浦さんはブラック・ボウモア四十二年をこの世からなくしたかったからではないでしょうか。それが梶浦さんの目的であり、凶器に使用した理由だとわたしは考えました」

当たり前の事実に一瞬言葉を失ったし、今更そんなことを、と思ったが、安藤の真綿のような優しさのある声のお陰で不破はそのまま何も云わずに耳を傾けることができた。

「不破さんもご存じの通り、ブラック・ボウモア四十二年はとてもとても貴重なもので、今ならば未開封なら、一本数百万円、もしかしたら数千万円するかもしれません。そんな貴重なものを凶器にするなんて、普通は考えません。しかし、梶浦さんはどうしてもあれを使って石谷さんを殺さなければいけなかったのだとわたしは考えます」

そこで一度安藤は言葉を切り、暗がりとなった店内の光を集め、微笑んでいる目に針の先のような鋭さを含ませて光らせた。

「この事件で忘れてはいけないことがいくつかあります。一つは石谷さんの過去の不正ですね」

「ああ、酒を盗み飲みしていたり、店の金に手をつけていたっていうやつだな……」

「はい、そうです。酒を盗み飲みしていた、というのがポイントです。そして――」

一呼吸置いて、

「極度のボウモア好きだった、というのも今回のキーとなっているとわたしは思いました。もっと云えば、ブラック・ボウモア四十二年が大好きだった、という点でしょうか。この二点が非常に重要だと存じます」

酒の盗み飲み、ボウモア好き……二つのフレーズが不破の頭を駆け巡る。そして、一つの結論に達した。

「まさか、石谷はブラック・ボウモア四十二年を盗み飲みしていた？」

「はい。わたしはそのように考えました。石谷さんはかなりのボウモア好きとのことでしたから、目の前にあるブラック・ボウモア四十二年に手を出してもおかしくないと思います。バーテンダーとしてあってはならないことですが……」

僅かに安藤は頬のあたりに翳を溜めて云った。同じバーテンダーが店の酒、しかもかなり高価なものに手をつけるというのは禁忌なのだろう。

「でも、安藤さん。ちょっと待ってくれ。それが梶浦が凶器をブラック・ボウモア四十二年に選んだ理由にはならないだろう？」

大きくなった不破の声を宥《なだ》めるように安藤は、

「はい。仰る通りでございます」

唇にほんわかとした笑みを落とした。今日の太陽はちらちらと春らしい陽射を地上に投げかけていたが、それを思い出させるようなものだった。

「梶浦さんも相当のウイスキー好きだということが判りますね。ブラック・ボウモア四十二年を仕入れるなんて、かなり勇気のいることです。小心者のわたしにはとてもできません。間違えて落としてしまったらこの店を畳まないといけないですから」

そんな冗談を挟み、

「それくらい高価で貴重なものですので、いくら梶浦さんが、かっとなったからといって、ブラック・ボウモア四十二年を凶器にするはずがないと思います。とすると、考えられることは一つしかないのではないでしょうか」

「どういうこと？」

不破が椅子から少し腰を浮かす。五年も頭にこびりついて離れなかった黴《かび》がようやくなくなるかと思うと一秒すらも惜しかった。

「和光さんの言葉を思い出して頂くと答えに近づけると思います。石谷さんは海外で何を買ってきていたか、という部分に着目して頂けるともっと判りやすいかもしれません」

「ボウモアだったたな、確か」

「仰る通り、石谷さんは大好きなボウモアを買いつけていました。しかし、他にもいろいろなものを購入なさっていたとのことでしたね？」

不破の思考を促すように、しかし、押しつけがましくないように穏便に安藤がヒントめいたものを出してくれた。このさりげなさが不破にはありがたく、素直に考えを押し広げることができた。

「グラスや塩だな。あとは使えないおもちゃのようなものも買ってきたようだが……もしかして、石谷が海外で買ってきたものが今回の事件に関係している？」

「その通りでございます。さすが現役刑事の不破さんですね」

お世辞でも嬉しいが、安藤は本心から不破を褒めているようで、ぱっと華を咲かせるように笑顔が広がった。

「石谷さんはちょっとしたおもちゃを買ってきたのだと思います。わたしもつい最近まで知りませんでしたが、ウイスキーエレメンツという面白いものがあるそうなんです」

「ウイスキーエレメンツ？　初耳だな、それは？」

「これくらいの大きさの木の棒みたいなものです」

安藤は親指と人差し指を伸ばして長さを示した。

「その木の棒がどういう効果を発揮するんだ？」

「それをウイスキーの中に二十四時間入れておくと、三年分も熟成させることができるそうなんですよ。すごいですよね」

「三年？　まさか」

ウイスキーというものは、樽に入れて保存することで、木材の成分や空気からの酸化による熟成が進む。それで、元は無色透明のニューポットと云われるウイスキーの元が、琥珀色や紅茶色に変化したり、複雑な味わいを蓄えていく。そのため、基本的にウイスキーと呼ばれるものは三年以上寝かしたものを指す。確か、イギリスの法律では三年以上熟成させたものでないとスコッチと認められていないはずだ。

それなのに、そのウイスキーエレメンツというのは二十四時間でその三年をクリアしてしまうのか。そんな魔法のようなものが存在するのか。

不破が呆気に取られていると、安藤が事件を整理してくれた。

「石谷さんはブラック・ボウモア四十二年を盗み飲みしていました。梶浦さんもその銘柄が大好きだった。そして、石谷さんはウイスキーエレメンツを海外出張のときに仕入れていた可能性がある」

「しかし、梶浦は石谷のその盗み飲みにどうして気づかなかったんだろう？」

「不破さんのご指摘通り、わたしもその点は不可解に思いました。味見をするのは開封したときくらいですが、中身がどれくらい残っているかはチェックするはずですので」

「そうだよね。でも、梶浦は事件のときまで石谷の盗み飲みに気づかなかった。何でだ？」

すると、安藤はふんわりとした声を紡いで、

「このように考えてはいかがでしょう？　石谷さんがウイスキーエレメンツを使って細工をし、梶浦さんの目を欺いていた、というのは」

あっ、と不破は小さく声を出した。云われてみればその通りだが、不破の頭脳ではそこまで考えが至らなかった。

「わたしの推測ですが、石谷さんは海外によく行っていたということですから、そこでウイスキーエレメンツという商品を手にしたのだと思います。石谷さんの遊び心を考えると、この流れは自然かと存じます。それを、そうですね、一本五万円ほどのボウモア二十五年あたりに入れておいた。そして、偽物のブラック・ボウモア四十二年を作ったのではないでしょうか。ウイスキーエレメンツは一本使い切りタイプなので、繰り返しは使えません。しかし、新しいウイスキーエレメンツをまた入れれば、熟成感が出る可能性がございます」

「そうか。それで石谷は中身を入れ替えたんだな。ブラック・ボウモア四十二年の瓶にウイスキーエレメンツを使ったボウモア二十五年を入れた。そして、逆にボウモア二十五年のボトルにブラック・ボウモア四十二年を入れたってことか」

「さすが不破さんですね。わたしもそのように考えました」

不破は和光との会話を思い出していた。あの和光でさえも、同じボウモアの長熟ものと

区別はつかなかった、と証言していた。恐らく、多くの人が疑問を抱かずに偽物のブラック・ボウモア四十二年を飲んでいたのだ。その陰に隠れ、石谷はボウモア二十五年の瓶に入った、本物のブラック・ボウモア四十二年を盗み飲みしていたというわけだ。盗み飲みをしなくても、ボウモア二十五年ならば高いウイスキーとはいえ、数千円から一万円くらいで飲むことができる。四十二年に比べればかなり安い。そうやって石谷は本物のブラック・ボウモア四十二年を飲んでいたのだ。

梶浦もブラック・ボウモア四十二年の減り具合のチェックは怠らなかっただろうが、ボウモア二十五年にはそちらほど気を遣わなかった。だから、発見が遅れたのである。そして、それが発覚したときに悲劇は起こったのだろう。

だが、やはり不破には不満が湧いてきた。いや、不満ではない。悔しさと恐怖だ。そんな棒切れ一本で、和光や他の客、そして通を気取っている自分が否定されるのが悔しかったし、今までのウイスキー人生がなくなるようで怖かった。

だから、九十九パーセントは安藤の推理に同意していたが、残りの意地の一パーセントが反論を不破の口に届けた。

「しかし、ウイスキーはそんなに簡単なものじゃないよね？　複雑な香りや味で構成されていることを考えると、木の棒一本や二本で劇的に変わるはずがないような気もするんだが……どうなんだろうね？」

しかし安藤は、不破の反駁《はんばく》をクッションのように優しい表情で受け止め、

「不破さんのご指摘はご尤《もっと》もです」

そう云ったあとで、

「興味深いことに、ウイスキーエレメンツが開発された当時は一種類しかなかったそうです。しかし、今は試供品も含めて、シグネチャー、スコッチ、スパイス、スモーク、ワインカスクと香りがまったく異なるものが五種類も出ているそうなんです。それら総てを使ったとしたら、石谷さんの目論見が成功したとしても不思議ではないと思います」

「そんな棒切れに踊らされたなんて、梶浦も、いや、俺も間抜けだな」

「いえいえ、誰でも騙されますよ。わたしもまさかこんなものが開発されていたとは思いませんでしたし。ただ、ウイスキーエレメンツは特許を取っていますし、科学的にも熟成が進むことは実証されていますが、実際に使ってみると、効果があったり、なかったり、といった風だそうです。傾向としては、短熟のものには効果があるようですが、十年や十五年くらいのものだと、さほど変わらないそうです」

それ以上の年数のものは、と不破は訊こうとしたが、その前に自分で答えを用意できた。世界中の人々がウイスキーエレメンツというおもちゃを使って試しているのはそこらへんまでだろう。年数表記のないものならばウイスキーに人気が集まっているとはいえ、一本五千円程度で買える。人気のボウモアの十五年でも七千円から八千円で入手できるはず

だ。しかし、二十五年ともなると、安藤が云っていたように、五万円前後まで跳ね上がる。そのウイスキーに、効果があるかどうか判らないどころか、一歩間違えれば味も香りも台無しにしてしまう可能性のある実験をする愚かな人間はいない。

「石谷は……そんな危険な賭けをしたのか……」

「そうです。危うい賭けをしたからこそ、不破さんを始め、多くの人を騙せたのだと思います」

安藤はそう励ましてくれたが、不破は自分の体に穴が開いたような虚しさを感じていた。不破の敗戦記念を嘲笑《あざわら》うように、帰宅ラッシュのピークになった定禅寺通からクラクションが聞こえてきた。不破が視線を窓の外へ捩《ね》じると、空から零れてくる闇の洪水と目を覚ました国分町のけたたましいネオンが闘っているのが見えた。そして、その境界となっているビルの屋根の連なりが不思議な均衡を持った美しい線になって目に染みた。

やけに目に染みたのはようやく解答を得られた安心感からなのか、それとも梶浦に一本取られた悔しさがこみ上げてきたせいなのか。

——いや、違うな。

きっと安藤の丁寧で親切な言葉が全身を包み込み、不破を安堵の世界に誘ったのだ。事件について話す前と同じ席に座っているが、不破と安藤のいるところだけ演劇の場面転換をしたように別世界になった気がした。

お陰で不破にも苦笑する余裕ができた。

「それにしても、石谷は思い切ったことをしたもんだな。大博打だ」

「そうですね。どのような配合で何回どのウイスキーエレメンツを使ったかは不明ですが、石谷さんは賭けに勝ち、成功させた。いえ、正確に云うならば、成功はしなかったと思われます。さすがに本物のブラック・ボウモア四十二年を完全に再現するのは難しいですから。ただ、あれくらいの熟成年数にウイスキーエレメンツを入れられたら、テイスティングのプロじゃないと区別はつかないと思います。ですから、わたしも含めですが、本物を飲んだことのない方々の舌を騙すことはできたのでしょう」

「でも、もしも、客が本物が入っているボウモア二十五年を注文したらどうしていたんだろうね？」

「『エアー』というバーの特色とお客様の層を考えますと、注文はほとんどなかったのではないでしょうか。二十五年と四十二年が並んでいたら、四十二年を注文するお客様が圧倒的に多いバーです。もしくは、本物の詰まっている二十五年を注文されたときのことを考えて、石谷さんがそれを店から自宅へと運び出していた可能性もありますね。代わりに海外に行ったときに買った、正真正銘の二十五年を店に置いておいて。だから常連客の皆さんはもちろん、マスターである梶浦さんを騙すことができたのでしょう。約五万円の出費ですが、ボウモアをこよなく愛している石谷さんからすると、それくらい痛くも痒くもない。たったその金額で本物のブラック・ボウモア四十二年が手に入るんですから。ここまでやられると、気づきませんよね」

すっかり欺かれていた『エアー』の常連たちを慰めるようにも聞こえたし、安藤には何ら責任はないのだが、自分と同じバーテンダーが客を騙していたことに申し訳なさを感じているような声色だった。

「恐らく、梶浦さんは久方ぶりに自腹でブラック・ボウモア四十二年を飲んだのでしょう。しかし、違和感を持った。これは自分の知っているブラック・ボウモア四十二年ではない。そこで石谷さんを問い詰めました。そして、石谷さんは総てを吐露した。あとは——不破さんのご想像の通りです」

激昂した梶浦は、偽物が入っている、ブラック・ボウモア四十二年をわざわざ手に取り、石谷を殺した、というわけだ。

不破は最初から梶浦の術中に嵌っていたのだった。不破は梶浦がブラック・ボウモア四十二年を凶器に使ったと思い込み、どうしてそれで石谷を殺したのかを考えていたのだが、真実はまったく違う。梶浦はウイスキーエレメンツを使ったボウモア二十五年の入っている、ブラック・ボウモア四十二年の瓶を凶器に使用しただけだったのだ。

犯人というのは真実を隠したがる。それは梶浦も例外ではなかった。だが、普通の犯人ならば自分が犯人だという証拠を隠蔽《いんぺい》するのだが、梶浦は別の部分を隠したのだった。自分が殺したと自供することで、本当に隠したかった真実を覆い隠した。そうしなければいけない理由が梶浦にはちゃんとあったのである。

もしも、梶浦が早めに石谷の素行に気づけていれば穏便に済ませられたかもしれない。けれども、和光のような上客に既にブラック・ボウモア四十二年の偽物を出してしまっている。それを公表しては店の信頼は失墜してしまうだろう。そして、それはバーテンダーとしての地位を失うことを意味する。だからこそ、梶浦はブラック・ボウモア四十二年で石谷を殺した、という状況を作り、和光のような『エアー』の常連客にそれが永遠に失われたことを示そうとし、その目論見は見事に成功したというわけだ。

不破がそこまで考えたとき、安藤はその思考につけ足すようにして、

「酷い話ですが、梶浦さんはこうも考えたのだと思います。殺人の罪は被りますが、『エアー』にあったブラック・ボウモア四十二年は本物だったと公式に記録させつつ、現物を消失できるチャンスが到来した、と。警察がそう書類に書いてくれますから。梶浦さんにとってはまたとないチャンスでした。偽物のブラック・ボウモア四十二年を客に出し続けていたという汚名を永遠に葬り去ることができますし、その物的証拠を本物として永久に葬り去ることもできる。いろいろな意味で邪魔な存在だった石谷さんも抹殺できる。加えて初犯ですから、殺人とはいえ懲役もそこまで重くない。ましてや石谷さんにも非があると世間や裁判官は見てくれる。ここまで条件が整えば、この計画を躊躇《ちゅうちょ》する理由はなか

った と存じます」

一息にそこまで云うと、安藤は淡い灰色をした悲し気な色を瞳に流した。安藤が大好きなウイスキーが非道な犯罪に使われたことに心を痛めているように見えたし、そのことに不破も共感した。

「これは蛇足かもしれませんが、梶浦さんはもっと私利私欲のために殺人を行ったのかもしれません。ウイスキーを愛している人間ならでは、の理由で……」

そこまで云われて不破の脳裏に和光の言葉が甦った。

ウイスキーのために死ぬことを望む人間もいるかもしれない、と。ならば、ウイスキーのために人を殺《あや》める人間がいてもおかしくはないのではないか。つまり、梶浦はもっと恐ろしいことを考えていたのではないか。店の体裁やバーテンダー失格の烙印を捺《お》されることとは関係なく、ブラック・ボウモア四十二年を独り占めする、という考えが梶浦の頭に浮かんだのではないだろうか。刑務所での態度がよければ、五年くらいで出てくることも考えられる。そうなれば、ボウモア二十五年のボトルに詰まっているブラック・ボウモア四十二年を一人で飲むことができる。それこそが、もしかしたら、梶浦の本当の目的だったのかもしれない。そして、そこまで考えたとき、不破は判決を聞いたときの梶浦の冷酷な笑みの意味がようやく理解できた。

ウイスキーのために人を殺した人間の気持ちなど不破には判らなかったが、そういう人間がいてもおかしくないと思った。それくらいにブラック・ボウモア四十二年は一種の魔力を秘めているのだろう。それはまるで人の心を惑わす妖婦だった。

ボウモアの異名は『アイラの女王』である。石谷も梶浦もその女の妖艶な魅力に取り憑かれ、犯罪に手を染めてしまったのかもしれない。現実の女の肌に溺れ、身を持ち崩す男は世の中に腐るほどいるが、それと似ている。ただそれが生身の女ではなく、酒だった、というだけだ。

「梶浦さんのウイスキーへの愛情はよく理解できます。しかし、貴重さと高価さだけがウイスキーではないとわたしは思っております。ウイスキーは飲む人間を差別いたしません。ですから、飲む側も希少価値や金額で妙な差をつけず、純粋に楽しむのが一番よいウイスキーの嗜み方かな、とわたしは思っております」

安藤の言葉を聞いて、ようやく、不破の中に沈殿していたつまらないプライドが消えた。同時に、通ぶっていた恥ずべき過去も今ならば素直に反省できると感じていた。安藤の言葉は説教臭くもなければ叱るようなものでもない。だからこそ、一瞬の微風《そよかぜ》のように不破の胸を駆け抜け、ウイスキー通だけが座ることを許されるという傲慢な態度でバーの自由な空間を独り占めし、若い客たちを見下していた自分の態度を改めて恥じることができたのだった。

人にもよるが歳を取れば取るほど己の過ちを認めたがらない。不破もその一人だった。

だが、安藤の温和な言葉のお陰で変わることができる気がした。きっと梶浦が殺人を犯してまでも手に入れたかったブラック・ボウモア四十二年よりも、手許に匂いだけを残して消えたENIGMAの方が美味しい。

長年の謎が解けた安堵感と、自分でも判る自分の変貌が不破の口からほっと息を吐き出させた。

『シェリー』は淡いジャズの流れを裏地にして、夜のバー独特の艶を放っている。窓の外は闇が支配しており、帰宅ラッシュを過ぎた平日の寂しい夜を、ネオンの艶やかな七彩が補っていた。

不破は顔を安藤の方にもう一度向け、様々なことを訊こうとした。どうやって事件を推理したのか、商売柄この手のことには慣れているのか、それとも今回が初めてなのか。

しかし、それはもはやどうでもいいような気がした。長年の謎を解いてくれ、ウイスキーの楽しみの本質を教えてくれた安藤には感謝しかない、と不破は思い、最後の一杯を注文しようとした。もちろん、ボウモアのENIGMAにすると決めていた。

「安藤さん、ありがとう。お陰ですっきりしたよ」

「いえいえ、差し出がましい真似をしてしまい、恐縮です」

「そんなことないよ。やっと納得のいく解決を見たんだ。気分がいいよ。締めの一杯をもらおうかな」

「承知いたしました。ボウモアのＥＮＩＧＭＡでよろしいでしょうか」

ちょっとだけしか安藤から目を離していないし、最後の注文をそれにするとは告げていない。それなのに、ボトルと空のグラスがカウンターに置かれ、準備が整っていた。

定年間際まで引き摺っていた謎をあっという間に解明した安藤は、どうやら不破の動きを完全に見抜いているらしい。不破は苦笑しながら、

「うん。もちろん、今日の締めはそれで」

「承知しました」

安藤は手際よく用意すると、ボウモアを孕んだグラスを不破の前に置いた。不破は軽く会釈をしてから口をつけた。

それから飲み終わるまで、不破も安藤も何も喋らなかった。犠牲になった石谷と、偽物のボウモアへ鎮魂の祈りを捧げるような静寂が店内を流れた。仙台の街は一層、ネオンをはためかせ、夜の華をそこら中に咲かせ始めた。

不破は最後の一滴を飲み終えると、

「美味しかったよ。謎が解けたあとのウイスキーは格別だね」

「『アイラの女王』も解決を喜んでいたのではないでしょうか」

そんな冗談を聞き、不破は財布を取り出して会計を済ませた。鉄扉《てっぴ》を開け、狭い廊下に出ると、背中に安藤の声がかかった。

「どうぞお気をつけて。またのお越しをお待ちしております」

階段を下りてビル前の道路に出た不破の耳には、安藤の見送りの言葉がしばらく響いていた。いつも通りの言葉にもかかわらず、今日は特段に心地よく心に響いてきた。

晩春の夜は風の中だけに冬の名残《なごり》があって冷たかったが、夜気はもう夏のように生温かかった——。

何故、
死体はオクトモアで
濡れていたのか？

マスターの
独り言

スイカは、皮を外して果肉を大きめのサイコロ状にカットし、種ごとミキサーに掛けた後、濾し網で果汁を濾します。レモンは、搾り器で甘皮を壊さぬように搾り、種は濾しておきます。
ボストンシェイカーにスイカとレモンの果汁、ウォッカを入れ、軽くステアした後、味見をし、甘味が足りない場合は、シロップで調整します。冷凍庫で冷やしておいたグラスの縁にレモン汁を塗り、グラスを逆さまに持って皿に広げておいた塩を付け、塩が落ちないよう静かに氷を入れます。シェイカーに氷を8分目まで入れて手早くシェイクしグラスに注ぎます。スイカのカットを飾って出来上がりです。

## スイカのソルティ・ドッグ

**材料**

ウォッカ30ml
スイカ果汁120ml
レモン果汁15ml
シロップ（必要に応じて適量）
レモン果汁、塩少々

**一言POINT**

酸味と甘味のバランスがポイントです。必ず味見をして、レモン果汁やシロップでベストなバランスを出します。

「お待たせしました。スイカのソルティ・ドッグでございます」

飛田《ひだ》の前に、赤とピンクの間の鮮やかな色をした液体の注がれたグラスが置かれた。縁には扇の形をしたスイカのカットが引っ掛かっている。果肉の部分と皮の間に切り込みが入っていて、そこを引っ掛けるようにして一切れのスイカがぶら下がっているのだ。

窓外は危険な角度をした真夏の陽射で溢れている。空へと少し視線を上げてみると、太陽の光は白石の舟のように重々しく浮かんだ一塊の雲に割り砕かれて、幾筋もの線となって地上の総ての場所に降り注いでいた。光は水滴に似ていて、『シェリー』から見える景色は夏に濡れて見える。

「真夏らしいカクテルですね」

飛田は目をグラスに戻して、マスターの安藤にそう告げた。目の前でスイカが切られ、その果肉が磨り潰されるのを見たときから、夏らしいカクテルになるだろうな、という予感はしていたが、飲む前から爽やかさが伝わってくるような瑞々しさが、香りと見た目にある。

塩が丁寧に塗ってある縁を少し舐めてから、カクテルを口に流し込む。スイカをそのまま凝縮したような甘さがあるが、人工甘味料のようにベタベタしてはいない。暑さを押し流す爽快な甘さだった。その甘さにほんの少しだけ遅れて、ウォッカ独特のアルコールの味がほんのりと口内に広がった。ウォッカは使い方が下手だとアルコールがきつすぎて不味いカクテルになってしまうが、『シェリー』のものは違い、主役となる果実の味を引き立てる名脇役に徹している。二十八の飛田は酒に特段詳しいわけではない。しかし、ここの季節のカクテルが抜群に美味しいことは知っていた。特にこのスイカのソルティ・ドッグ、涼風が吹き抜けるようなフレッシュミントとスダチのモヒート、パイナップルが入っている濃厚でフルーティーな味わいのココナッツミルクのピニャ・コラーダ、甘酸っぱい桃のような味わいのプラムを使った鮮やかな色合いのケープ・コッダー――どれもが絶品で、もっと厚い財布を持っていたら毎回、全部飲みたいほどだ。

ただ、『仙台ライフ』という弱小地方ローカル誌のライターの飛田の懐は常に空っ風が吹いている。仕事は暇なので『シェリー』に来る時間はあるのだが、肝心の金はない。だから、いつも、チャージ料がかからない昼間の時間帯に来て、カクテルを一杯、ウイスキーを二杯ほど飲んで帰るだけだ。しかも、ウイスキーは常にハーフである。フルショットを飲むだけの金はなかった。

そんな飛田にも、安藤は上客と同じ接客をしてくれる。いらっしゃいませ、という明朗な声とともにおしぼりを出してくれるし、トイレから戻ってくれれば、お帰りなさいませ、と声をかけてくれるし、会計を済ませて店を出るときには、いってらっしゃいませ、と送り出してくれる。酒はもちろんのこと、そういった接客も一流なのだ。それが二時間飲み放題の店ばかりに行っていた飛田には新鮮に映ったし、一人前の大人として扱われている気がして嬉しかった。以来、仕事の飲み会には嘘を吐いて行かなくなり、浮いた金は『シエリー』で酒を飲むための資金になった。定禅寺通から一本外れている上にこぢんまりとしたビルの二階にあるので、同僚たちに見つかる危険性も低い。そういう立地条件もありがたかった。

二口目を飲んだあと、ふと、気になり、もう一度縁についている塩を舌で舐めてみた。すると、普段、口にしている塩とは少し違うような気がした。

「この塩、普通のものとは違いますか？」

安藤は白い歯を零して、柔らかく笑いながら、

「よくお判りになりましたね。うちではイギリス王室御用達の、マルドンという会社の塩を使っております。ソルティ・ドッグはイギリスで生まれたカクテルですので、それに合わせてみようかと思いまして」

飛田はほっとすると同時に、自分の舌が褒められたような気がして嬉しくなった。自然と口が滑らかになる。

「ソルティ・ドッグと合っていて美味しいです。塩っていうとしょっぱいだけのイメージ

ですけど、これは旨味がある気が。それがこのカクテルをより美味しくしてますよね」

ありがとうございます、とにこやかに答える安藤の顎鬚が陽射を受けて、高価な毛皮のような光沢を放った。王室御用達という単語を聞いたせいかもしれない。

若輩の飛田にとって安藤は不思議な存在だった。生まれついてのバーテンダーという気がして、生活の匂いがあまりない。かといって、気取ったバーテンダーにありがちな、酒に詳しくない人を見下すような態度は微塵も見せない。温かい人間味はちゃんと存在しているのだけれど、日常と日常の間に存在する非日常に暮らしているような人物なのである。そんな謎めいたところにも飛田は惹かれていた。四十代なのか、五十代なのか、それは判らないが、こんな風に歳を重ねていけたらいい、と飛田は常々思っている。

昼間でも『シェリー』を訪れる客はいるのだが、今日は水曜日ということもあり、店内には飛田しかいない。混雑しているときは、引け目があって早めに切り上げるのだが、今日はゆっくりと飲むことができそうだ。

そう思いながら、少しずつソルティ・ドッグを飲んでいく。いや、飛田はそのつもりだったのだが、ライトな飲み口ということもあり、自然とペースが上がる。窓から照りつける陽射もグラスを傾ける手に拍車をかける。

店内に流れている曲の最後のピアノの音が途切れると同時に、飛田はスイカの切り身を食べ終え、皮を空になったグラスの中に入れた。それを見届けた安藤が、新しいお飲み物をお持ちしますか、と訊ねてくる。

「そうですね……何がいいかな」

飛田は少し迷った末、

「いつものやつをお願いしていいですか？」

「いつもの、というと、オクトモアですね？　最近、新しいボトルが入荷したんですよ」

安藤はくるり、と背中を向け、棚に手を伸ばす。白いシャツの腕が棚から、晩秋の陽光のような色をした液体の入った半透明のボトルを取り出した。

「オクトモア　08・3　アイラ・バーレイでございます」

「いつものとはボトルが違いますね」

飛田の記憶の中のオクトモアは漆黒のボトルだ。中はまるっきり見えなかった。その特色がないということは、蒸溜所にそれだけ特別な思い入れがあるということなのだろうか。

そう思っていると、安藤が解説を入れてくれた。

「この透明のボトルは以前にも登場したことがあるのですが、それを超える、オクトモア史上最強のピーティーさを誇るものとなっております」

ウイスキーにはピーティーさというものがある。ピーティーさとは、燻製のような少し煙臭い匂いのことで、オクトモアはここ数年、それを前面に押し出してきた。人によっては吐き気がするほどの匂いで、好き嫌いがはっきりするタイプのシングルモルトだ。

元々、オクトモアという蒸溜所はない。オクトモアというのは、ブルックラディという蒸溜所で作られているシングルモルトなのだ。ちなみに、ブルックラディは他にもポートシャーロットというシングルモルトも作っており、三つの顔を持つ蒸溜所である。

ブルックラディ蒸溜所はアイラ島にあるのだが、メインのブルックラディは他と比べて比較的穏やかなウイスキーである。ピーティーさやスモーキーさは薄い。そのため、あまり目立つことはなかった。

しかし、二〇〇八年くらいからだっただろうか、突如としてオクトモアという商品をリリースし始めた。ピーティーさを計る値にフェノール値というものがある。それまでの最高はアードベッグという銘柄の一〇〇ｐｐｍだったのだが、オクトモアは一三一ｐｐｍを記録してしまった。これには世界中のウイスキーファンが驚愕し、こぞって買い求め、絶賛した。ここまでくると、ウイスキーを飲んでいるというよりも、煙臭さを楽しむための液体なのだが、ウイスキーファンはそういうものが好きなのだ。

その次の年にも、オクトモアは出されたのだが、今度は一四〇ｐｐｍと、自らの記録を超えてしまった。そして、次にリリースされたものは二〇〇を超えた。そうなると、ウイスキーにピーティーさや煙臭さを求めるファンは買わざるを得ない。そうこうしているうちにオクトモアはあっという間にファンを獲得したのだった。

飛田もオクトモアファンの一人だった。仕事に嫌気が差していた頃に『シェリー』をたまたま見つけ、そこで自棄《やけ》っぱちで、一番ヘヴィなものを、と頼んだのがオクトモアだった。さすがに安藤のチョイスは絶妙で、人間関係や仕事のつまらなさを吹き飛ばすくらいのピーティーさに圧倒された。それ以来、オクトモアの新作が出るたびに飲むようになっていた。

「今回のボトルのｐｐｍはどれくらいなんですか？」

「三〇九・一ｐｐｍです」

「え？」

思わず、飛田は訊き返してしまった。一〇〇を超えるものでさえ、飲めない人は飲めないとされる。それなのに、その三倍以上の三〇九・一とは……もはやウイスキーではなく、劇薬だ。

だが、オクトモア好きとしては飲まなければならないだろう。オクトモアの多くは限定品なので、飲まなければ後悔することになる。あのとき飲んでおけば、と悔いを残すことほどウイスキーファンとして愚かなことはない。

ただし、オクトモアは特異なウイスキーのため、値が張るのが問題だ。フェノール値を上げるためには製造過程でピートをたくさん焚かなければならないし、蒸溜所を閉め切ってそれを逃さないような気遣いが必要なのである。高くなるのも頷ける。

飛田は何気なくボトルを手にして、眼鏡をずり上げて裏側の値札を見た。フルショットで二千五百円。ハーフで千三百円である。他のウイスキーに比べると高めだったので、少し迷ったが、ぎりぎり許容の範囲内である。飛田は思い切ってオクトモアのハーフを注文することにした。ウイスキー好き以外からしたら、たった十五ミリリットルに千三百円を払うのはおかしいと思われるかもしれない。それも、ほとんどの人が吐き気を覚えるようなウイスキーに千三百円を払うのは暴挙と映るかもしれない。

だが、飛田は心を決めた。飛田が決心したというよりは、一週間ちょっと前に起きたあの事件の記憶が他の選択肢を用意していなかったのである。

「これ、ハーフでお願いします」

ボトルを前に出しながら云うと、安藤は、やはり、というように頰を弛ませてから、

「承知しました。ハーフショットでお持ちします」

ボトルを受け取った安藤が手慣れた仕草でコルクを開ける。そして、銀色のメジャーカップの小さい方に黄色味がかったオクトモアを注いだ。

その瞬間、強烈な煙臭さが飛田の鼻の奥に突き刺さった。まさしく、刺さったと云うのが的を射ていて、それ以外に表現のしようがない。少し離れていてもスモーキーさが伝わってくるくらいである。実際に咽喉に流し込んだらどうなるのか。一抹の怖さはあったが、それまでに何度もオクトモアを飲んでいるという経験と未知との遭遇への期待感が飛田の心から不安の影を拭い去り、烈しく躍らせていた。

「お待たせしました。オクトモア　08・3　アイラ・バーレイでございます」

安藤が少し中身を回したあと、グラスを飛田の目の前に置いた。そのお陰で、さらに香りが高まった。

すると、安藤がすっともう一つ、チェイサーの他にシュガーポットのような形をした小さな入れ物を飛田の前に置いた。中には水が入っていて、少し波立った水面が陽光を砂塵のように砕き、キラキラと輝かせている。

「度数が六十一・二パーセントありますので、加水用のお水を置いておきます」

水の中には小さなスプーンが挿してあり、一滴、二滴といった少量の水を汲めるようになっている。

ウイスキーというものは面白い飲み物で、水の一滴や二滴が劇的に味や香りを変えてしまう。しまう、と云っても、悪い意味ではなく、このオクトモアのような度数の高いものならば、一度ストレートで飲んだあとに、数滴、加水して味の変化を見るのがいいとされる。それだけでいろんな風に味と香りが変化するからだ。一方で、銘柄やボトリングされた樽の種類にもよるが、元々、水が加えられていて度数が抑えられているものには加水しないのが一般的だろう。

まずは加水せずに飲むべきだ、と飛田は思い、グラスを手にして、何周か手の中で回したあと、思い切って口に含んだ。

途端に煙でも吸っているような気分になった。いや、煙というよりも煤を吸い込んでしまったときと似ている。味の方はというと、舌を焦がすような刺激が走ったあとは、カカオや桃のようなほんのりとした甘さが追いかけてくる。煙臭さがある分、その微かな甘さが際立つ。それが飛田がオクトモアに求めている味わいの一つだった。

「やっぱり美味しいですね、オクトモア」

「そうですか。気にいって頂けたようで嬉しいです」

　にこやかに安藤は云い、

「でも、飛田さんくらいかもしれませんね、オクトモアをそう本当に美味しそうに飲むのは。オクトモアも喜んでいると思います」

「え？　そうですか？」

　飛田はまだ幼さの残る赤い頬を指先で掻いて照れ隠しをしながら、

「美味しいと思うんですけどね」

　云って、スプーンを手にして、数滴、加水した。グラスをしっかりと回したあと、匂いの違いを愉しむ。先刻は煙っぽさしかなかったが、今度は薔薇の花のような香りが漂ってきた。俄然、味が気になり、匂いに急《せ》かされるように一口、舐めるようにして飲んだ。ミントのような爽快さが加わり、さらに甘味が滲み出てきたような気がする。この落差こそがオクトモアの醍醐味かもしれない、と思いながら、飛田は少しずつ、ゆっくりと味わって飲んだ。

しかし、やはりオクトモアはオクトモアである。世界最強のピーティーさを誇るだけのことはあり、フィニッシュは力強い煙とピートの独特の炭っぽさが口に漂う。それもまたオクトモアの一つの魅力である。

あっという間に一杯を飲み終えたとき、飲む前に脳裏をよぎった事件がはっきりとした形をもって思い出されてきた。

「やっぱり、犯人は何かの匂いを消したかったのかな……」

そんな言葉が零れた。安藤がすかさずに反応し、

「犯人というと？　何かございましたか？」

安藤は客のプライヴェートに踏み込んでくるようなタイプの人間ではない。だから、訊き方も柔らかく、強引さは皆無である。それが飛田に次の言葉を繋がせた。

「いえ、一週間ちょっと前に――」

飛田はふと視線を窓の外へと折り曲げ、あの事件のことを思い出そうとした。夕暮れにはまだ早い時刻の仙台の街は、いたるところで高層ビルが陽光を撥ね返し、針のように細く鋭くなった光を地上に突き刺している。事件のあった日の昼間もこんな風に晴れ渡っていて、アブラゼミの声と燦々とした太陽光が降り敷いていたと思う。じーじーという平凡な声と、無慈悲に降ってくる光はようやく梅雨明けした八月上旬の蒸し暑さを演出してい

た。

飛田は編集部にいて、暑さに堪えながら原稿を書いていた。そして、夜になり、暑さも少しは和らいできた頃、あの報せが届いたのだった。

※

一つの原稿を書き終えた飛田はすっかり暗くなった外を眺めていた。『仙台ライフ』の編集部は青葉通《あおばどおり》に面するビルの五階にあるのだが、窓の向こうには、仙台の夜が美しい原石で煌めいている。ビルの窓がいくつもの光を発し、熱さの残るコンクリートの道を無数の車が絶え間なく白い光を投げかけて通り過ぎていく。仙台の街中はそれらの光で夜と週末を謳歌していた。

雑誌や資料がうずたかく積み重なっている編集部には飛田しかいなかった。元々、七人くらいしかいない編集部である。ほとんどが不良社員で、夕方五時を過ぎると記事が途中でも放り出して国分町あたりに飲みに出てしまう。

自分もそろそろ帰ろうとしたとき、珍しく電話が鳴った。夜の九時を既に過ぎている。

「もしもし、えーと、『仙台ライフ』編集部ですが？」

「その声は飛田くんか？　俺だよ、俺。K新報の岩島《いわしま》だ。ちょうどよかった。キミが三ヶ月前に担当した大下文雄《おおしたふみお》っていう医者がいただろ？」

「え、あ、はい。認知症治療では有名な方でしたよね？　取材をさせて頂いたと思います」

突然の話に驚きながらも受け答えをする。特ダネがあるとき、岩島は先走り気味になるということを飛田は知っていた。

「その大下先生がどうしたんです？」

「ほんの一時間ほど前に死んだみたいなんだ」

死んだ、という言葉に現実感がないほどあっさりとした口調で岩島が云ったので、飛田は返事に困った。

「とりあえず、『仙台ライフ』に連絡を入れておこうと思ってね。あとから編集長さんに怒られそうだし」

岩島は二年前までは『仙台ライフ』にいた。岩島が新聞記者に憧れていると知り、K新報への転職を薦めていろいろと手伝ったのは今の編集長だったらしく、辞めるときに交わした、何か面白そうな事件や出来事があったら『仙台ライフ』にも流す、という口約束を律儀に守っているのだった。

「明日はちょっとした騒ぎになると思う」

「騒ぎ？　どうしてです？」

大下の医師としての評価は全国的なもので、確かに死んだとなれば騒ぎになるかもしれない。しかし、岩島の口調はそういうニュアンスではない。こちらの好奇心を煽るような含みのある云い方だった。

「大下は自宅の三階のベランダから転落して死んだらしい」

「事故ですか？」

飛田は自分でそう云ってから、それなら岩島がこんな電話をかけてくるはずがないということに気づいた。受話器の向こうの岩島にもそれが伝わったらしい。はっきりとした声でこう云った。

「どうやら、誰かに突き落とされたみたいなんだ」

「殺しってことですか？」

「ああ。どうやらその線で警察は動いているみたいだね」

飛田がライターになってから、殺人事件というものに出くわしたのは初めてだった。仙台もそれなりの都市なので、殺人事件も一年に何件かは起きている。しかし、飛田はそれに直接触れる機会がなかった。大抵はすぐに容疑者が逮捕されたり、『仙台ライフ』が取り上げる前に大手新聞が大々的に報道してしまうので、価値が下がってしまい、記事にできずにいたのだ。

しかし、今回は違う。たった一時間前に起きた事件を取材することができる。普段はグルメや名勝などを紹介している『仙台ライフ』だが、たまには血腥い事件を取り上げてもいいはずだ。鮮度がある記事ならば編集長からも許しが出るだろう。

被害者に悪いとは思いながらも、飛田は心が高揚していた。初めて殺人事件を取材できることに対して興奮を抑えられなかった。そして、その興奮に油を注ぐように、岩島がぽつり、とこう漏らした。

「現場がな。ちょっと特殊なんだよ」

「特殊というと？　転落したときについた傷以外に酷い外傷があった、とかですか？」

「いや。そういうんじゃない。そうだな……説明しにくいな。詳しくは現場に来てくれ。俺はもういる」

岩島は現場の住所を伝えると、忙《せわ》しなく電話を切った。

受話器を握っている手が汗をかいている。取材への期待感が汗を滲ませているのか、それともただ単に蒸しているだけなのか。飛田自身にもよく判らなかった。ただ、これは完全に飛田の直感だったが、一筋縄ではいかないような、厄介な事件になりそうな気がした。

汗のついた眼鏡を拭き、道具をバッグに入れ、編集部を出た飛田に、仙台の夜は生温かい空気を吹き付けてきた。酔っ払いの声、車の行き交う音、遠くに瞬くネオン、総てが騒々しく楽しげで、殺人という物騒さを感じさせない。この平和そうに見える街の片隅で殺人が起きたことが信じられなかった。そんなことを思いながら、飛田は車に乗り込んだ。

現場は仙台市の中心街である青葉区の隣の太白区《たいはく》にあった。太白区は仙台市の南西部に位置し、名取川に沿って東西に長く帯状に広がっており、西部は山形県と接している。長町《ながまち》付近は副都心で、大型のショッピングモールを中心とした街が広がっている。大下の自宅はそちら方面ではなく、八木山《やぎやま》にあった。

八木山は市街からだと長い坂を登らねばならないが、八木山動物公園やベニーランドといったレジャー施設、それに加えて大学のキャンパスもあって、仙台市街や長町とは違った賑わいを見せている界隈である。大規模住宅団地が連なっているのが特徴で、大学生だけでなく、家族連れも多い。

大下の自宅は住宅街から離れた山間に、ぽつり、と佇んでいた。白を基調にした三階建ての家は、まるで巨大な白衣を着ているようだったし、きっちり正方形をした形は医師としての大下の几帳面な性格を表しているみたいだった。窓枠だけが黒く浮いていて、ここらへんではあまり見かけない瀟洒《しょうしゃ》な家である。

背後は山林が緑の壁となっていて、普段は静かなのだろうが、家主を失った小綺麗な家は警察関係者や記者で喧噪《うるさ》かった。そこら中でフラッシュが焚かれ、白い閃光が闇をいくつにも切り裂き、地上で小さな花火が上がっているように見える。日常の静寂は完全に砕かれ、固まっているはずの夜陰はフラッシュで切り刻まれていた。

死体が転がっていたのは建物の西側の小さな庭側らしく、そちらには黄色いテープが張ってあって、マスコミが入れないようになっている。数メートル先のそこでは、鑑識らしき人間や、いかにも刑事といった厳つい顔をした男が忙しなく動いていた。

警察関係者を捕まえて事件の概要を訊こうと思ったが、若輩にしか見えない飛田は当然ながら無視されてしまった。顔見知りの刑事でもいればいいのだが、そういう伝手《つて》は持っていない。現場の写真だけでも、と思ったが、警察関係者や他のマスコミの人垣によって遮られている。

途方に暮れていたとき、不意に背中をトントンと叩かれた。飛田が振り返ると、

「よお。久しぶりだな」

被害者の家の裏の林から出てきた熊のような大柄な男が立っていた。

岩島である。草臥《くたび》れた半袖のワイシャツや皺が目立つパンツには生活の疲れが見えるし、無精髭が散った顎と雲脂《ふけ》が点々と落ちている肩には清潔さの欠片《かけら》も窺えない。ぱっと見だけだと、冴えない五十代のオジさんである。しかし、灰色の目に宿った細い光には記者らしい鋭さが確かにあり、飛田にはないものだった。その光があるお陰で、気を遣っていない身形《みなり》も、記者っぽい雰囲気を醸し出すのに一役買っているように見える。

岩島の顔を見た瞬間、飛田はほっとして体から力が抜けた。張り切って現場に来たはいいが、こんなに混雑しているとは思わなかったし、慣れない人間からすると、流れている独特の空気が重くて、動きにくさを覚えていた。知った顔がいるというだけで何とかなる

ような気になってくる。

安堵が顔に出てしまったのか、岩島は黒ずんだ歯を見せながら茶化すように笑い、

「キミも一応、記者だろ？　慣れてないからって緊張してちゃ駄目だ」

「はあ。それはそうですが……事件の、しかも殺人事件の現場は初めてなもので……刑事さんたちもやけに緊迫感がありますし……」

しどろもどろに答えると、

「まあ、そうかもしれないな。最初の事件がこれなんて、キミはちょっと不運だな。今回はあいつらもなかなか喋ってくれんだろう」

岩島は刑事たちが群がっている現場の方をちらり、と見た。つられて飛田もそちらを見る。しかし、ぼそぼそと何かを話しているのは判るのだが、内容までは判らない。

「不運ってどういうことです？」

「それはあとで話してやるよ。とりあえず、ここから離れよう」

と云ったあとで、

「といっても、写真一枚くらいは撮っておけよ。記事にするんなら、それくらいは必要だ」

「あの黄色いテープのところまで行けますかね？」

「そこまで行かなくてもいい。群がってる警察関係者とうじゃうじゃいるマスコミと洒落《しゃれ》

た被害者の家が写ってりゃそれで充分だ」

「そんなもんですか？」

不安になりながら飛田が訊くと、岩島はにやり、と笑って、

「そんなもんだよ。写真はそれっぽければいい。肝心なのは文字の方だよ」

「そうなんですか。判りました」

飛田はショルダーバッグからカメラを取り出し、何枚か写真を撮った。データをチェックすると、はっきりとした現場の様子は写っていないが、事件があったと判るくらいのものにはなっている。夜なので被害者の家が写るかどうか心配だったが、マスコミのライトのお陰でぼんやりとだが、写り込んでいた。

後ろから覗き込んでいた岩島もそれを確認して、

「よし。じゃあ、行こうか」

くるり、と背を向けて十数台の車が停まっている場所へと足を向けた。しかし、ぴたり、と歩を止めて飛田の方を振り返り、

「そうだ。写真の他に、記憶しておいた方がいいものがある」

「何ですか？」

岩島は何もない暗闇を指差し、

「この匂いだ。ほら、微かに匂ってくるものがあるだろ？」

そう云われて、飛田は鼻に神経を集中させてみた。云われてみると、昼の暑さの余韻を残した生温い夜風に乗って、微かに何かの香りが漂ってくる。異臭と云うには汚らしさがないし、かといって、芳《かぐわ》しいかと云われるとそこまでいいものでもない。けれども、飛田にはその匂いに覚えがあった。燻製のような異様な匂いである。

「憶えたか？　この匂いが重要なんだ。それじゃあ、行こう」

何の匂いなのか、どこで嗅いだ匂いなのか――。それらがはっきりと言葉にならない。もやもやとした疑問を抱きつつ、飛田は岩島の背中を追いかけた。その香りが自分の人生の一ページに深く刻まれる、ということを飛田はまだ知らなかった。

岩島の車についていくと、空いていそうなファミレスに入った。飛田もそのあとに続く。仙台中心部のファミレスと違って、駐車場が広いタイプだ。長町周辺は車で移動する人々が多いため、自然とそうなったのだろう。

外から見たときはガラガラだと思ったが、店内は意外にも混雑していた。カップルや学生が多く、そこら中で他愛もない雑談の華が咲いている。

喫煙のボックス席に座ると、岩島はドリンクバーを二つ頼んだ。それを聞いた飛田は岩島に気を遣って、何を飲むか訊ねた。

「アイスブラック」

云われた通りに何も入れないアイスコーヒーを持ってくる。飛田は烏龍茶を注いできた。

岩島は半分くらいまで一気に飲んだあと、

「暑かったな。こういう日はビールを飲みたいが、そういうわけにはいかないからな」

「新聞記者が飲酒運転で捕まるなんてシャレになりませんよ」

「キミが記事にすればいいじゃないか。ちょっとした手柄だぜ？」

そんな軽口を叩いてから、ポケットからくしゃくしゃになった煙草を取り出し、火を点けた。紫煙がゆらゆらと立ち昇り、視界が一旦、霧のかかったようになった。濃い煙が岩島の顔の輪郭を暈《ぼ》かしているのだが、それと同じ似たような見えにくさを飛田は今日の事件に覚えていた。

「岩島さんは殺人だと云っていましたね？」

「ああ。あれは殺人だ」

あっさりと岩島が断言した。しかし、飛田は不思議に思った。三階から落ちて死んだだけならば、事故という可能性もあるはずだ。

「殺人の根拠は何です？」

飛田が訊くと、岩島は目いっぱいに煙草を吸ってあっという間に灰にしたあと、コーヒーを少し飲んで、

「俺の大学の頃の同級生が刑事をやってる。そこから面白い情報を手に入れたんだ」

徐《おもむろ》に懐から、黒革の手帳を取り出した。黒革はところどころ色褪せたり、擦り切れて

いて、その分だけ様々な事件を追いかけてきたのだ、という貫禄に似たものが感じられる。

ぱらぱらと捲《めく》りながら、今日の事件のところを開き、

「ざっと今回の事件をおさらいしておこうか。被害者は大下文雄、五十九歳」

「五十九歳だったんですか。もっと若いかと思ってました」

岩島は苦笑いして、

「キミは実際に会ったことがあるんだろ？　そのときに歳くらいはチェックしただろ？」

「ええ。でも、見た目が若かったんですよ」

市内のホテルの喫茶店で認知症に関する最先端治療について話を聞いたのだが、グレーのスーツを一分の隙もなく着こなし、赤のタータンチェックのネクタイがよく映えていたのが印象的だった。医師としての冷静さがスーツの色に、情熱的に認知症について喋る大下の人柄がネクタイの赤という色に表れていた。熱っぽい口調と、常に絶えることのない微笑が大下を若く見せていて、四十代後半くらいだと飛田は思い込んでいた。中年男性にありがちな線の崩れた体型ではなく、五十キロ少々くらいしかなさそうな痩せぎすだったのも若く見えた原因かもしれない。

飛田がそのときのことを岩島に伝えると、

「それは大下の表の顔だな」

「表っていうと、裏があるんですか？」

「ああ。医師としての大下は確かに評判がいい。ただ、こっちに問題があったんだ」

岩島が右手の小指を立てた。俄然、飛田の好奇心に火が点いた。『仙台ライフ』はゴシップ雑誌ではないが、被害者にそういった問題があった方が殺人事件の記事としては盛り上がる。

「大下は二人の女性と関係を持っていたらしい。その二人と最近、揉めてたらしいんだ」

岩島はそこで一旦、言葉を切り、手帳の一枚を破り、そこに一人の女の名前を書いた。

「一人目は、朝倉小枝子《あさくらさえこ》、三十五歳。大下の勤めている病院の看護師だ」

「三十五？　大下とはだいぶ年齢に開きがありますね」

単純計算して、二十四歳差だ。親子と云ってもいいくらいの年齢差である。

「愛人だな。といっても、大下は結婚していないから、法的には何ら問題はないんだが」

岩島はそう云ったあと、もう一人の女の名前を流すようにさらさらと書いた。

「もう一人は涌井志摩子《わくいしまこ》、三十歳。華道の先生をしているお嬢様だ」

「へえ。三十歳か。これも随分と歳の差がありますね。どこで知り合ったんですかね？」

メモを取りながら飛田が問いかけると、

「涌井の父親が認知症になったらしくてな。それで大下を頼ったというのが縁らしい」

「なるほど。それで大下は患者の娘に手を出したってことですか」

云いながら、飛田の中の大下の人物像がガラガラと瓦解していくのが自分でも判った。

今までは品行方正で正義感の強い医師、というイメージだったのだが、岩島からの情報を聞いた今となってはただの色欲に塗《まみ》れた醜い老人に過ぎなかった。真面目そうな目を盾にして、裏の視線では女性の姿態を拾っていたのだ。

「でも、どうしてその二人とトラブルになっていたんです？」

「これは他の知り合いの記者から聞いたんだがな、大下に結婚の話が持ち上がっていたらしいんだ。相手は泉区にM病院という個人病院があるんだが、そこの医者って話だな。歳も大下と同じくらいで医師の集まりで顔を合わせるうちに身を固める決心をしたらしい」

その結婚に向けて、今までの恋人を整理しようとしていたというところか。大下にしてみれば、朝倉にしろ、涌井にしろ、歳の差を考えれば結婚というゴールは端《はな》から思い描いていなかっただろう。恋愛の対象としてではなく、欲望の捌《は》け口として二人を囲っていたに過ぎない。早々にケリをつけて、その医者と結婚して安穏とした老後を送ろうと考えたとしても何の不思議もない。

だが、女たちからすれば今後を左右する出来事である。恐らく、月に数十万は大下からもらっていたはずだし、もしかしたら、愛情の欠片もあったかもしれない。裏切られた気分になり、激昂して大下を殺したとしてもおかしくはないと飛田は思った。

「大下が何時に死んだかは判っているんですか？」

その言葉を待っていたと云わんばかりに、岩島は自慢げに、

「それははっきりしている。午後七時四十七分だ」

「随分と細かい時間まで判っているんですね」

死亡推定時刻といった専門分野に関しては疎いが、さすがに飛田でも何時何分といった細かい時間まで割り出せるはずがないことは知っていた。けれども、岩島の口調には自信が滲んでいる。どこからそんな自信が湧いてきているのか、飛田には判らなかった。

「どうして俺がそんな細かい時間まで知っているか不思議に思うのも無理はないな。大体、一時間くらいは幅を持たせるのが普通だ」

「じゃあ、どうして大下が死んだのが七時四十七分だと判っているんです？」

「それは大下が落ちた場所に離床センサーつきのマットが敷かれていたからだよ。それが反応したのが七時四十七分だということが判っている」

「離床センサー？　何です、それは？」

聞き慣れない単語に、飛田は思わずグラスから手を離してメモを取る準備をした。

「平たく云えば、その上に人が乗った場合に反応するセンサーがついたマットだな。ほら、介護が必要な人のベッドの下に敷いてあるやつだよ」

そう云われても飛田にはぴんと来なかった。今までに介護の経験がなかった。

岩島は仕方ないな、という風に、

「寝ていてベッドから転倒する危険がある人、徘徊する恐れがある人がいるだろ？　そういう人のために開発されたものなんだ。ベッドから落ちたときやそこに降りたときに反応するマットがあれば介護する人も便利だろ？」

「なるほど。そういうためのものなんですね。でも、それなら赤外線とかの方が便利じゃないですか？」

「それはそれでデメリットがあるんだよ。人が通らなくてもセンサーは反応してしまうし、逆に人がいても無反応のことがある。だから、大下は体重がかかったときに反応するタイプの離床センサーつきマットを裏口に敷いておいたんだ」

離床センサーについてまったくの無知だった飛田は興味深く岩島の解説を聞いた。

「でも、あのへんだと野良猫が多そうですよね。そういう動物が乗った場合もセンサーが反応しちゃうんじゃないですか？」

「その通りだ。野良猫や狸なんかも出る。でも、大下はそういう動物が乗ってもセンサーが反応しないようにしておいた。大人一人分くらいの重さがかからないとセンサーが反応しないようにしておいたんだ」

なるほど、と飛田は思ったが、今度は別の疑問が出てきた。

「センサーの種類については判りました。でも、何故そんなマットを敷いていたんです？」

「キミがそう思うのは当たり前だな。俺もおかしいな、と思った」

岩島も同意し、顎を一撫でしたあと、

「どうやら、大下は近所の子供の悪戯《いたずら》に悩まされていたらしい。三年ほど前かららしいんだがね、近所の高校生が大下の家の敷地内に出入りしていたようなんだ。ほら、あの家はちょっと目立つだろ？」

和風の家でもなければ、よくあるような安っぽい一軒家でもない。白をベースとした高級感溢れる大下の家は確かに目につく。怪しい洋館として、子供たちが標的にしたがる気持ちも判る。子供といっても高校生だが、子供と大人の境目にいる人間ほど珍しいものに近寄りたくなるし、一種の度胸試しのような意味合いもあったかもしれない。

「高校生たちが馬鹿だったとしても、さすがに正面から入るような真似はしない。大体、裏口から入ろうとする。仕事に行っている最中なら気にもならないが、休みのときに悪戯で騒がれては迷惑だ。だから、大下は三年前にマットを複数買って、広範囲に敷いておいたというわけだ。ちなみに、あのセンサーはブザーが鳴るようにもなっているし、家の中と管理会社に報せが行くようにもなっている」

高校生の悪戯を防止するために敷いておいたマットに自分が落ち、死亡推定時刻が正確に判ったというわけか。皮肉なものだな、と飛田は思った。

「死体の第一発見者は誰なんです？」

「宅配業者だ。どうやら、大下は荷物を今日の夜七時から九時までの間に届けてくれるように頼んでおいたらしい。ところが、いくらベルを鳴らしても出てこない。不在票を置いて去ろうかと思ったが、中でブザーが鳴っている。何だか嫌な予感がした宅配業者が裏口に回って死体を発見したというわけさ」

「ありがとうございます。お陰でいい記事が書けそうです。ついでにその離床センサーについては初耳だったので、もうちょっと詳しいことを訊きたいんですけど」

「何だい？　俺は専門家じゃないにしてもある程度のことは答えられると思うが」

「そのセンサーは技術レベルが高そうです。でも、細工できるんじゃないですか？　マットの上に落ちた時間をずらす、とか」

岩島は目尻を下げて子供をあやすような優しい表情になった。入社してすぐに、記者としてのイロハや、誰と誰には気をつけろといったアドバイスをしてくれたときの顔と同じだなと、飛田はふっと思った。

「キミはなかなかいいところに目をつけるね。俺もその可能性は考えたよ。今はデジタルデータが当たり前になった分、悪用のための細工技術も進んでいるからな。だから、実はキミと会う前に離床センサーのついたマットを作っているメーカーに電話で問い合わせた。そうしたら、『科学の分野に百パーセントというものは存在しませんので、その可能性はないとは云えません。しかし、弊社では実験を重ね、九十九パーセント以上そういったことは起こらないようになっております』ということだったよ。ごく稀にミスがあるから科学の分野には百パーセントなんてものはないとはいえ、あれだけ自信があるってことはキミの云うような細工は無理だということだろうな」

飛田はしっかりとメモを取りながら、何度も頷く。ここまで詳細が聞けたのは収穫だった。やはり職場の元先輩というのは頼りになる。自分一人の力ではここまで辿り着けなかっただろう。それどころか手ぶらで帰って、また『仙台ライフ』は特オチだったみたいだな、と他の雑誌の記者たちに嘲笑されるところだった。

何とか記事になりそうだと胸を撫で下ろしていた飛田だったが、重要なことを訊いていないことに気づいた。

「一番訊きたかったことをまだ訊いていませんでした」

「何だい？」

空になったグラスを傾け、中に残された砂利のような氷の群れを、じゃら、と鳴らした。クーラーは効いているのだが、それでもグラスの表面は汗をかいていて、水滴が幾筋もの流れとなってテーブルへと落ちている。岩島の代わりにグラスが、透明の終幕を下ろしているように見えた。実際に岩島はもう話し終えた、というような顔をしている。

「岩島さんはこの事件が殺人だと云っていましたね？　どうしてそう云い切れるんです？　見たところ、三階はベランダになってましたよね？　そこから誤って足を滑らせた、ということも考えられるんじゃないですか？」

それが飛田が一番気になっていたことだが、岩島は、薄い唇を歪めて笑い、

「そうか。そんな重要なことをまだ話していなかったか」

こつこつと指先でこめかみのあたりを叩いたあと、

「それは、死体にウイスキーがかけられていたからだよ」

「死体にウイスキー？　どういうことです？」

ウイスキーと聞いて飛田は飛び上がるほど驚き、声が上擦った。

しかし、岩島は特に気にした様子を見せず、

「どういうわけか判らんが、ブザーが鳴り響く中、犯人は中身の入ったウイスキーの瓶を死体に投げたようなんだ。いや、投げつけるというよりは、大下を突き落としたベランダから、死体に向けて落としたらしいんだがね」

そう云って、勿体ぶるように岩島はドリンクを取りに席を立った。飛田はまだウイスキーという単語が出てきた衝撃を逃がし切れず、空いた席をじっと見ていた。

岩島が戻ってくるまでの数十秒間、飛田の頭の中では数多くの疑問符が乱れ飛んだ。

一体、何のウイスキーだったのだろうか。どうして犯人はウイスキーをかけたのだろうか。もしかしたら、あのとき現場で嗅いだあの匂いがそのウイスキーのものなのだろうか――。

整理し切れずにいると、岩島がゆっくりと飛田の目の前に座り、

「現場に漂っていた匂い、憶えているだろ？　あれだよ、あれ。あれは死体にかかっていたウイスキーのものなんだ」

あのとき、岩島は匂いを憶えておけ、と云っていた。その意味がようやく判った。記憶の底を浚《さら》って、現場に流れていた匂いを思い出し、過去に飲んだウイスキーと照らし合わせる。燻製をさらに熟成させたようなあの匂いは――。もしかして――。

「あの、死体にかかっていたウイスキーというのは、オクトモア、というんじゃないですか？」

瞬間、アイスブラックを飲んでいた岩島の手がぴたり、と止まった。同時に、周囲の空気も冷えたように固まった。

「どうして判った？」

目の奥の光が、先輩としてのものではなく、記者としてのものになった。磨きすぎて折れそうになった刃物のように、鋭く、危険な光を宿している。どうやら岩島は、飛田が自分以外のところから極秘に情報を仕入れたと疑っているようだった。

飛田は慌てて、引き攣った笑みを浮かべて、

「いえ、先刻現場で、この匂いを憶えておけって云ったでしょう？　そのときに、ウイスキーっぽいなって思って。で、ウイスキーっていうと、昔先輩に奢ってもらったオクトモアくらいしか記憶になくて……」

岩島の眼光に押されるようにして、嘘を吐いた。他にも憶えている銘柄は無数にある。むしろ、オクトモアはマイナーな銘柄だ。しかし、それを今、説明するのは厄介だし、事件に関係しているとは思えない。何より、睨むような岩島の視線から逃げたかった。

岩島はしばらく飛田を凝視していたが、やがて、

「そうか。まあ、そうだよな。キミくらいの年齢の人間がウイスキーに詳しかったら驚いちまう」

そんなことを云って歯を覗かせ、元の岩島に戻った。

「キミの云う通り、オクトモアだ。俺はよく知らんが、この世で最も匂いが強烈なウイスキーらしくてな。大下が好んで飲んでいたらしい」

「それが三階に大量にあった、というわけですか？」

「一ダース、十二本もあったらしい。ケースには六本が残っていた」

「つまり、残りの六本を大下の死体に投げ落としたというわけですね？」

岩島は、ああ、と云ったあと、

「ウイスキーにしては珍しい漆黒のボトルだったみたいだな。死体の周りに破片が飛び散っていたようだ」

漆黒というと、以前にリリースされたヴァージョンだ。フェノール値は最新のものに比べれば小さいが、それでも一〇〇はゆうに超えている。犯人はそれを死体に投げ、オクト

モアを振りかけたということになる。現場から遠く離れた場所でも匂ってきたくらいだ、オクトモア浸しになった死体はよほどきつい匂いになっただろう。

「繰り返しになりますけど、犯人はオクトモアを死体に向かって投げた、というか、落としたんですね？」

「そうみたいだな。三階のリビングには残りの六本があったし、死体の周りに散らばっていた硝子片から見て、そう断言していいと警察が云っていた。ちなみに、死体と同時にオクトモアを投げ棄てたわけではない。壊れたボトルの破片で皮膚が切れていた箇所があるんだが、そこには生活反応はなかったらしいからな。つまり、わざわざ犯人は犯行後、ブザーがけたたましく鳴る中、オクトモアを投げ落としたってことさ」

「総ての瓶が割れていたんですか？」

岩島は首を左右に振り、

「そういうわけでもないらしい。何本かは割れずに残っていた。ただ、全部の瓶のコルクは開けられていたから、死体はウイスキーでびしょびしょだった、というわけだ。それであんなに匂ってたんだな」

飛田は事件当時のことを想像した。ブザーの騒々しい音に加え、死体から流れる血の匂いとオクトモアの煙臭い香りで現場は混沌としていたことだろう。いや、血腥さなど、六本のオクトモアの前では消散してしまう。オクトモア独特の泥炭臭さと煙っぽさであたりは異常な空気に包まれていたはずだ。

「どうして犯人はそんなことをしたんでしょうね？」

飛田が問いかけると、岩島はお手あげというように両手を挙げて、

「判らないな。ブザーが鳴り響いていたし、誰かが来るかもしれないんだから、犯人としてはすぐに逃げるのが普通だ。それなのに、死体にオクトモアを投げ落としている。謎としか云いようがないね」

ブザーが鳴り響く中、淡々とオクトモアを一階の死体に投げ落とす犯人を想像して、飛田は興味をそそられた。殺人事件なのだから、面白がってはいけないが、大好きなオクトモアが事件に絡んでいるというだけで飛田のやる気に火が点いた。

「朝倉と涌井、二人にアリバイはあるんですか？」

前のめりがちに飛田が訊くと、岩島は首を傾げ、

「さすがにそこまでは俺も判らないよ。これから調べるところさ。ただ、捜査線上にはその二人が挙がっているという話だ。大下は表向きは良心的な医者だったからな。仕事上のトラブルは考えにくい。それに、金が物色された様子もないから、強盗の線は薄い。女絡みだと警察は睨んでいるみたいだ」

大下の体格からして、女の手でも突き落とすことは可能だろうし、オクトモアについても六本を一度に落とすのは重量的に無理だろうが、一本一本投げ落とすことはできる。犯

人が女の可能性は充分に考えられると飛田は思った。それと同時に、容疑者の二人が女性というところから、どうして犯人がオクトモアを使ったのか、一つの仮説が浮かび上がってきた。

もしかしたら、犯人は香水の匂いを消したかったのではないか。揉みあっているうちにその匂いが被害者についてしまった。それを消すために犯人はオクトモアを使ったのではないか。オクトモアの持っている強烈なピーティーさとスモーキーさを使えば、香水の匂いなどすぐに消える。こう考えれば犯人がリスクを冒してオクトモアを被害者にかけたのも理解できる。樹を隠すなら森の中と云うように、匂いを隠すならさらに強い匂いの中へ、だ。

だが、それを岩島に伝えるのは躊躇われた。あくまでも飛田の仮説に過ぎないし、間違えていたら岩島に多大な迷惑をかけることになる。それに、岩島の勤めているK新報は堅い新聞である。そんな推理小説じみた仮説を載せるとは思えなかった。

「事件の概要は摑めました。詳細な情報、どうもありがとうございます」

メモを仕舞い込み、飛田は深々と頭を下げた。記者が別の雑誌の記者に情報を流すということは通常は考えられないことである。それが発覚した場合、上司から咎められるくらいでは済まされない。それをやってくれた岩島には本当に感謝していた。

「あとは自分で何とかします。今日は本当にどうもありがとうございました」

「キミのところの編集長さんには借りがあったからこうしたまでだよ。よろしく云っておいてくれ」

「はい。どうもありがとうございました。あと、こっちでも何か判ったら連絡します」

自分の仮説を伝えなかった罪悪感をそんな言葉で拭い去り、伝票を取って飛田は席を立った。

夜がもう深いところまで来ているのが月の高さから判った。雲一つない夜空で、三日月はよくできた日本刀のように美しい姿を晒しながら、蒼白い雫を垂らしてくる。ファミレスの前の国道は、その月光を消し去るようにして車のライトが無関心な流れで通り過ぎていく。乾いたライトの流れに自分の車を溶け込ませながら、飛田は数時間前に事件現場で嗅いだオクトモアの匂いを思い出していた。

※

真夏に相応しい高さに太陽があった。真昼の光が容赦なく照りつけてきて、徹夜明けの飛田の目を抉《こ》じ開けようとしている。光の刃に眠気を切り落とされたものの、頭はぼんやりとしていて、パソコンのスクリーンに広がる文字列が虫の死骸のように蠢いて見えた。

大下殺害の記事は翌日の午後にはできた。『仙台ライフ』は本来は週刊だが、今回は号外のような形で出るということになっている。そのため、編集長から急かされ、新聞記者のようなスケジュールで記事を仕上げなければならなかったのだった。

編集長からはすぐにゴーサインが出た。仔細な写真がないのは残念だが、事件の概要は摑めているし、オクトモアという珍しいウイスキーが関連しているという点が面白いと評価されたのである。

自宅の安アパートに戻り、壊れかけのクーラーを入れ、暑さのせいで饐《す》えたような臭いのする部屋のベッドに寝転がりながら、飛田は事件について考えていた。

大下は五十九歳という年齢のどこかに残っていた若さに必死に縋るように朝倉と涌井を抱いたのだろう。いや、若い体を弄ぶことで自分の歳を誤魔化そうとしていたのかもしれない。しかし、魅力的な同年代の女性が目の前に現れたことで、自分を客観的に見ることができた。そういう目で見ると、自分が愛欲という下卑た言葉でしか表現できない底なし沼の中で藻掻《もが》いていたことに気づかされる。だからこそ、大下は総てを清算しようとしたのだ。

しかし、それは自らの死という最悪の形で終わってしまった。過去の汚点を拭い去り、新たな一歩を踏み出そうとした矢先の出来事だ。そう思うと大下が不憫に思えてくるが、一方で自業自得だという気もしてくる。

だから、出来上がった記事は自然と中立的なものになり、他の記者たちからの評判もよかったのだが、飛田はただ一つ、気になっていた。

オクトモアである。朝倉にしろ、涌井にしろ、どうして殺害直後の緊迫したときに、大下の死体にオクトモアを投げ落としたのか。それが気になって仕方なかった。

香水の匂いを消すため、という自分の仮説には自信があったが、それが真実かどうかは判らない。自分の仮説が成立するための第一前提として、朝倉と涌井が香水をつけていなければならないが、そんな情報は聞いていない。

自分で動くしかないな、と思い、飛田は編集部の中でも仲のいい同僚にメールを出した。朝倉と涌井の連絡先を突き止めてくれ、という趣旨のメールだ。自分の推理の正しさを証明するためには実際に会ってみなければならないと飛田は思ったのだった。

飛田が目覚めたのは午後七時過ぎだった。昼寝をする前には窓いっぱいに光が溢れていたのだが、それはすっかり消え、夏至を過ぎて一ヶ月ほどしか経っていない夕方だというのにもう夜のような暗さに覆われている。日が暮れ切るには早いな、と思って窓を開けると、夏の夕空は陽射を消し去り、代わりに雨雲を塗りつけていた。まだ降り始めてはいないが、既に雨の気配が外を暗い色で濡らしている。

スマホを見ると、同僚からメールが届いていた。それによると、朝倉は警察に事情聴取されているらしく会えないが、涌井は自宅にいるらしい。どうしてそんな差が生まれたのか不思議に思ったが、二人の住所と連絡先の下に、『朝倉は連勤明けで自室で寝ていたためアリバイなし。涌井は灰色のアリバイあり』と書いてあって納得した。黒に近い方から事情を訊くのが当たり前だ。

容疑が固まらない限りは警察も朝倉をいつまでも閉じ込めておくことはできないだろうが、釈放されたとしてもマークはつく。そんな中、会うのは危険が大きい。一方の涌井も警察に監視されている可能性はあるが、まだすんなりと会えるかもしれない。

どちらにせよ、今から会うのは非常識だ。明日の朝一番で涌井に連絡を取り、話を聞くことに飛田は決めた。話を聞くというよりは、涌井が香水を使っているか、もしも使っているとしたら匂いのきついものかどうかを確かめるつもりだった。警察がオクトモアの件をどう判断するか判らないが、飛田は自分の推理にそれなりの自信を持っている。それを裏付けることができれば満足だ。

飛田を突き動かしているのは記者としての魂だけではなかった。一人のオクトモア愛好家としての矜持《きょうじ》だった。オクトモアという崇高なウイスキーをこんな低俗な事件に使ったことに飛田は僅かな怒りを覚えていたのである。犠牲になったのは大下だけではなく、六本のオクトモアも死んでいるのだ。その仇を討ちたいと飛田は思っていた。

翌日は朝から雨だった。はっきりと筋を曳いて落ちる雨で、まるで空が無数のピアノ線を垂らしているかのようだった。透明だがくっきりと見える線に操られた仙台は、文句一つ云わず滑らかに動き、静かだった。

乱雑に取材資料が転がっている棚の上の置時計は九時十分前を指している。これくらいの時間ならば涌井の家に電話をしても大丈夫だろうと思い、飛田は電話をかけた。

数回のコールのあと、若い女性が出た。声が三十歳とは思えないほど若く、小鳥の囀《さえず》りのようにか細い。涌井本人かどうか確認したが、どうやらそうらしい。一昨日の事件で憔悴《しょうすい》しているのか、それとも被害者ぶっているだけなのか、その声からでは飛田には判断がつかなかった。

大下が死んで過敏になっている涌井にどうやって取材の許可を取るか悩んだが、飛田は無駄な小細工をせずに単刀直入に、話を聞きたい、と切り出した。

向こうは十秒ほど沈黙を返してきたが、意外にも、いいですよ、と答えた。ここで無下に断って何度も電話をかけて来られるよりは、一回だけ我慢して取材を受ければそれで済む、と思ったのかもしれない。

午後二時にKホテルのカフェ、という約束を取りつけ、飛田は電話を切った。額には脂汗が浮いている。取材の電話をすることには慣れていたが、殺人の容疑のかかっている人間と約束するのは初めてだった――。

Kホテルのカフェは、雨が都市の喧噪を和らげているのか、深閑としている。クラシックだけが空間を撫でるように柔らかく流れ、一曲終わるたびに飛田は腕時計に目を落とした。

約束の時間の五分前になって、涌井は姿を現した。着物を着ていたので、それとすぐに判った。

白に限りなく近い青色の着物に水浅葱《みずあさぎ》の帯をしていて、大人しく、地味に見える。ただ、近づいてくるにつれて、着物に桔梗《ききょう》が点々と咲いているのが判り、涌井の三十という年齢と釣り合っているように見えてきた。そして、飛田とはまったく違う世界に、静かに身を置いていることが判った。

「飛田さんですか？」

立ち上がった飛田の前に来ると涌井は訊いた。飛田が、はい、とだけ答えると、涌井は裾が地面に付かないように、着物を少し膝裏に入れ込むようにして、浅めに椅子に腰かけた。その流れるような所作が美しく、飛田は思わず見惚れてしまった。

見惚れたのは動きだけではない。左眉の端を掠めるように流れ落ちた長い髪は若々しい光沢を放っているし、色白の顔に目鼻がくっきりとした線で描かれている。グロスを塗った唇は光を掬い上げて髪に敗けない光を孕んでいた。美人には何度か会ったことがあるが、この手のしっとりと濡れた美人には出会ったことがない。それだけに飛田の目は釘づけになった。

自分を戒めるようにして咳払いをしてから、名刺を渡す。そして、飲み物を注文し、それが席に来ると同時に話に入った。

「不躾な質問で申し訳ないんですが、一昨日亡くなった大下さんとは親しかったと聞いていますが？」

涌井は飛田から少しも目を逸らさず、

「ええ。親しくお付き合いをさせて頂いておりました」

「それは……その、どの程度ですか？」

怒られるかもしれない、と飛田は思ったが、涌井は細い眉一つ動かさず、

「男女の仲です。文雄さんとは深い関係にありました」

大下を下の名前で呼んでいることに飛田は少し驚いた。しかも、さも当然という顔をしている。

「失礼ですが、大下さんとは歳の差がだいぶありますよね？　抵抗はありませんでしたか？」

「歳が離れている人とはお付き合いしてはいけない、なんていう法律がありますか？」

涌井は小首を傾げて、あっけらかんとした乾いた声で云った。年齢を気にしていない、というよりも、その差を忘れているかのような口振りである。そこに涌井の愛への執着を垣間見たし、女の恐ろしさのようなものが見えた気がした。

そこまで愛していた男を殺すだろうか、という素朴な疑問が飛田の胸に広がった。運ばれてきた紅茶のカップでさえも重そうに持つ華奢な手に、果たして大下を突き落とすだけ

の力があるのだろうか、とも思った。涌井は華道の教室を開いているらしいが、綺麗なものしか扱っていない女が、殺人というこの世で最も穢れたものに手を伸ばすだろうか。涌井を見れば見るほど、どうして殺人の嫌疑がかかっているのか、飛田には判らなくなってくる。

「飛田さんはわたしが文雄さんを殺したと思っていらっしゃるのですか？」

予想していなかった問いが飛んできて返事に窮した。黒目勝ちの瞳が自分の思考を読んでいるような気がして、飛田は正直に話すことにした。

「そうです。大下さんが結婚を考えていたことはご存じでしたか？」

この問いにも涌井は微動だにせず、

「はい。存じておりました。わたしと別れてほしい、と一週間ほど前に切り出されました」

「それに対して、涌井さんは何と答えたんですか？」

質問を投げる飛田の方が緊張してしまって、ペンを握る手に力が籠った。けれども、涌井はそれを嘲笑うかのようなあっさりとした声で、

「もちろん、お断りしました。誰よりも文雄さんを愛している自信がありましたから」

嫣然《えんぜん》として、紅茶を口に含んだ。紅茶で濡れた唇が妖女のそれのように艶やかに光り、そこの部分にだけ涌井の女としてのプライドが凝縮されたように見えた。涌井はきっと大

下に対してもこの唇を武器にして闘ったのだろう。その結果、大下を殺害してしまったのかもしれない。

先刻とは正反対のことを思っていると、今度は先手を打たれた。

「わたしをお疑いになるお気持ちは判ります。でも、わたしは一昨日の夜は自宅におりました」

それを証明できる人はいるか、と訊ねると、涌井は翳りの欠片もない笑顔で、

「警察の方から、文雄さんは七時四十七分に亡くなったと聞きました。そうですね？」

飛田はちょっと戸惑ったが、こくり、と頷きを返した。

「その時間はわたしは自室で一人でレコードを聴いておりました。貴重なもので値段が張りましたが、買ってよかったと思えるもので、ここのところ、何度も聴いているんです」

まったく耳にしたことのないドイツ人のフルート奏者の名前とそのレコード名を云われたが、とりあえず、メモをした。

そのレコードについては知らない。しかし、音楽にそこまで詳しくない飛田でも、仕事柄、アーティストに接する機会がある。だから、車の中ではラジオを聴いているし、取材のときはそのアーティストの音楽をＣＤなり、ネットなりで聴くようにしている。だから、海外では十年くらい前からレコードが再評価されていることは知っている。データ配信以外はレコードだけ、というアーティストもいるくらいだ。日本でもその傾向はあり、基本

的にはサブスクと云われている定額制聴き放題が若者を中心に人気だし、逆に海外と同じようにレコードを求める人たちも増えている。

なるほど、と思っていると、涌井は続けて、

「飛田さんはレコードはお持ちですか？」

「いえ、僕は元々、そんなに音楽好きじゃないですから、CDやネットで聴くことが多いですね。涌井さんの世代でレコードを聴く人は珍しい気がしますが……」

「飛田さんがご存じかどうか判りませんが、わたしの好きなクラシックや現代音楽は実はまだ半分以上がCD化されていないんです。特に旧共産圏の音楽はそうですね。近年になってやっと発見された、というレコードもあるくらいです。ですから、もちろん、今、流行っている定額制の……サブスクと云うんでしたっけ？　それにも入っていないんです。だからレコードで聴いているんですよ。それに、レコードはプレスごとに違いがありますから、楽しいんです。文雄さんも、『レコードのオリジナル盤はやっぱりいいな』というのが持論でした」

「オリジナル盤？」

どうやら圧倒的に飛田よりも涌井の方が音楽に詳しそうなので素直に訊ねた。

「オリジナル盤というのは、CDなどの元になる音源テープ、つまりマスターテープの音源に限りなく近いものを指します。一般的にこのオリジナル盤かどうかで価格は大きく違

うというのがレコードの世界です」

それは初耳だったが、一人でレコードを聴いていたと主張してもアリバイにはならない。飛田が率直にそう伝えると、

「いえ。そのレコードはA面にフルート協奏曲第一番、B面に第二番が収録されているんです。わたしは音楽を聴くときはいつも大きな音で聴きますから、隣の部屋で片付けをしていた家政婦さんが聞いているはずです」

飛田には涌井の云っている意味がよく判らなかったが、

「レコードはA面が終わったら、ひっくり返してB面にしなければなりませんよね？」

「そうですね。そうなりますね」

「わたしが一昨日の晩に聴いていたレコードはA面が三十九分三十九秒で終わるんです。そして、B面が三十三分二十二秒です。刑事さんにもお話ししましたけど、一昨日は七時十分くらいから八時二十五分くらいまで、そのレコードのA面からB面までが通してわたしの部屋から流れていたと家政婦さんが証言してくれています。ちなみにその家政婦さんは八時二十五分に部屋に来て、レコードがプレイヤーにのっているのを見ています。もちろん、レコードはB面が上です」

メモの端っこに数字を書いて、飛田は計算を始めた。涌井が家政婦を買収して虚偽の証言をさせていないとしたら、確かにアリバイは成立することになる。もしも涌井が犯人だ

としたら、被害者の死亡した七時四十七分は大下の家にいたことになるが、そうすると、家が隣り合ってでもいない限り、音をほとんど途切らせることなくレコードをB面に裏返すことはできない。不自然な途切れがあったとしたら家政婦が刑事に告げているはずである。

涌井と大下の家はどんなに車を飛ばしても片道三十分弱、往復で一時間近くはかかる。一時間も家を空けていては、レコードをB面にすることは不可能だ。

「家政婦さんもわたしがそのレコードを何度も聴いているので、曲をすっかり憶えていたようなんです。お陰で助かりました」

涌井は微笑を重ねて、細い指先を取っ手に絡めて紅茶を飲んでいる。完璧とは云えないまでも、涌井にはアリバイらしきものがある。だが、レコードを聴いていて、それをひっくり返すことができたからアリバイがある、というのは懐紙のように薄っぺらい。

「レコード派とのことでしたけど、それをそのままデータ化して流すこともできるのでは？　それに、今はインターネット上でレコードが一枚丸々アップされている場合もありますから、それを流しておけばA面、B面、関係ないですよね？」

それでも涌井の表情は崩れることはなく、

「そういう推測もできますね。しかし、まず一つ目にはわたしがあの晩聴いていたレコードはインターネット上にありません。元々、数年前まで本当に存在するかどうか判らないとされていましたから。それに、A面からB面にひっくり返すとき、ちょっとした事故が起きたんです」

「事故？」

「はい。事故といっても、大したものではございません。プレイヤーの近くによく聴くものを並べているんですが、手許が狂ったせいでそれらを崩してしまったんです。それが思いのほか大きな音になってしまいまして。思わず悲鳴めいた声をあげてしまったので、家政婦さんもお聞きになっていると思います」

確かに、ただレコードのA面とB面がほぼ間断なく流れていたから、というよりもこちらの方がアリバイとして強固である。警察にもレコードや音源関係の専門家はいないだろうから、アリバイ調べに苦労するだろうな、と思った。

だが、飛田にとってそれはあまり重要なことではなかった。涌井と会ったのは、匂いを纏っているかどうか確かめたかったからだ。

飛田は覚悟を決め、まだ一口も飲んでいない自分のコーヒーに手を伸ばした。そして、できるだけわざとらしくないように、手を滑らせ、カップを大きく傾けた。

その瞬間、飛田の、あっ、という声と、きゃっ、という涌井の小さな悲鳴が交錯した。

交わったのは声だけではない。飛田のグレーのワイシャツの袖にコーヒーがかかったのを見て、涌井が中腰になり、袂から清潔そうな白いハンカチを取り出して拭こうとした。

そのため、飛田の顔と涌井のそれが僅かだが、重なるようになった。重なるというよりも掠めるような形になり、結果として、飛田の視界に涌井の白い首筋が入り込んだ。時間にすれば一秒ほどだが、飛田の嗅覚は涌井の匂いをはっきりと捉えていた。少しの匂いも逃さぬように、コーヒーを飲まずにいたのだった。

しかし、そんな小細工は徒労に終わった。飛田の鼻が摑んだ香りは、きつい香水の匂いではなく、微かなファンデーションのものだったのである。

飛田は落胆を必死に隠しながら、ハンカチで袖を拭こうとしている涌井を制《と》めた。容疑者の一人にするどころか、下手な芝居の相手までさせてしまい、申し訳ない気持ちでいっぱいだった。

「……いえ、大丈夫です。どうせ、そのうち棄てようと思っていたボロですから。それよりも、そんな綺麗なハンカチが汚れる方がもったいないです」

そんな言葉で取り繕い、自分と同じ惨めな姿になったワイシャツの袖を睨んだ。ウェイターもすぐに近寄ってきて、布巾で袖を拭いてくれたが、情けなさが増すだけだったし、空振りに終わったことへの失望感が体を覆っていて、一気に疲れが出た。

騒ぎが一段落すると、挨拶をして涌井が席を立った。飛田には涌井にもう何も訊くことはなかった。

だが、何とか記事にはしないといけない。そのためには、近しい人間が大下の死をどう受け止めているか訊く必要がある。それが、それだけが飛田に残された記者としての最後の矜持だった。

「最後に。大下さんの告別式は今夜でしたっけ？　御遺体には何と告げるつもりです？」

何も考えずに飛田が投げかけた問いに、しかし、初めて涌井は眉を顰《ひそ》めて、

「そうですね……文雄さんには何の恨みもありません。他に女の方がいらっしゃったのは知っておりましたし。ですから、お伝えすることはありません。けれど、一つだけ残念なことがあります」

「何です？」

「文雄さんは一年ほど前から体重を落とすためにジムに通うようになったんです。お陰でわたしと初めて出会った頃よりも、だいぶスマートになりました。でも、それはわたしに見せるためじゃなかったんですね……結婚を考えていた方に引き締まった体を見せたかったんですね。それだけが悔しくて、悔しくて……。下らないと思われるかもしれませんが、それだけが残念に思えてならないんです」

そんなことか、と思ったが、飛田は精一杯の笑顔を作って、涌井の背中を見送った。それが飛田と涌井の人生が交わった唯一の点だった——。

※

飛田が話し終えても、空にはまだ明るさが残っていた。『シェリー』は淡くなり始めた陽射とクーラーの涼しい風によって洗われ、夏の夕暮れらしい気怠さがあった。バーっぽさといえば、飛田の手許にある二杯目のオクトモアくらいで、それだけが夜の翳りを湛えて揺らめいている。

「飛田さんは朝倉さんという方が犯人だと思っていらっしゃるんですね？」

「そうですね。岩島さんから聞いたんですけど、どうやら朝倉は結構きつい匂いの香水をつけているみたいですから。突き落とすときに大下の体にその匂いがついてしまって、それを隠すためにオクトモアを死体に投げ落とした。こう考えるのが自然のような気がします。でも、香水の匂いがそんなに簡単に死体についたとも思えないんですよね。それで困っているんです」

グラスを回して残り少ない一口を飲んだが、オクトモアはその独自の香りだけを残して殺人事件の答えを飛田に教えてはくれなかった。

すると、ぼんやりとした夕焼けを横顔に受けて柔らかい表情になった安藤が、不意にこんなことを云った。

「差し出がましいようですが、お手伝いいたしましょうか？」

「え？　安藤さん、事件の真相が判ったんですか？」

「はい。飛田さんが詳しくお話ししてくださいましたから」

「本当ですか？　それなら聞かせてください」

つい、前のめりになって飛田が云うと、安藤は羽毛のようなふんわりとした笑顔を作ってこう云った。

「承知いたしました。実は既にわたしの方で用意しておりました」

この返答に再び驚いたが、柔和な安藤の言葉が季節に合わせるように飛田の胸に熱い焦点を結んだ気がしたので、解決へと導いてくれるのだという期待が膨らんだ。

「わたしはこの事件は一本の糸で出来上がっているようなものだと思いました。肝心の犯人も、どうして死体がオクトモアで濡れていたかも、どちらか一つが判ればもう一方も判るようになっていると存じます」

「そうなんですか。どうしても、何故、犯人がブザーが鳴っているにもかかわらずオクトモアを投げ落とすなんて悠長なことをしたのかばかり気になってしまって……」

言い訳がましくなったが、安藤は嫌がる様子を微塵も見せず、

「お気になさるのは当然だと思います。飛田さんの大好きな銘柄ですから。その仇を討とうと思うのは当たり前のことですし、素晴らしいことだとわたしは思います」

「お気遣いありがとうございます。でも、犠牲になったオクトモアには悪いですけど、涌井に下手な芝居を打ったのに何も判らなかったんです。情けない限りですよ」

「いえ、無駄ではございませんでしたよ。涌井さんのアリバイを崩すためにはレコードの話が必要ですから」

「え？　涌井のアリバイを崩す？　ということは、安藤さんは涌井が犯人だと思っているんですか？」

空を滑る弾丸のように視線が鋭く疾《はし》り、安藤を打った。

安藤はそれでも微笑を崩さぬまま、

「はい。わたしはそう思っております」

「で、でも、涌井には灰色とはいえアリバイがあるんです」

「レコードの件ですね？」

こくり、と飛田が頷くと、安藤はくるりと背を向け、奥の棚にあったスピーカーを指差した。『シェリー』にはいつも店舗向けBGM配信サービスがチョイスしたジャズが流れているが、それを客に届けている中型のスピーカーである。

「涌井さんのアリバイを拝聴した限りでは、レコードが最大のキーになっていると思いました。仰る通り、レコードはA面とB面でひっくり返さないといけないですから、一聴すると、犯行は不可能のように思えます。しかし、今の音楽の主流はデータになっております。ですから、飛田さんが涌井さんを問い詰めたように、データ化したレコードの音源を流したというのも充分にあり得るお話だとわたしは思いました」

「しかし、あのあと、家政婦さんに話を伺ったんですが、涌井の云うように、ガタガタという並べたレコードが崩れる音と小さな悲鳴のようなものを聞いたようなんですよ。しかも、家政婦が心配になって部屋に行こうとしたら、ちょっとレコードが落ちただけですから問題ありませんよ、という涌井の声がドア越しに返ってきたそうなんです」

飛田はこの点が引っかかっていたので同じように安藤も悩むかと思った。しかし、安藤は皓歯《こうし》を見せて飛田の言葉を反射させるようにして、

「わたしも専門家ではないので本当に詳しいことは存じ上げません。しかし、当店によくお見えになるお客様はそういったことにお詳しいようでして、こんな話を伺ったことがございます」

バーは様々な人が集まる場所である。特にこの『シェリー』は夜になると、カウンター席を多くの客が埋める。音声データの扱いのプロもいるだろう。

「そのお客様が仰っていたのですが、音はデータ化すれば今は素人でもパソコンで簡単に加工できるようなんです。ですので、涌井さんは手間がかかりますが、このようにしたのだと存じます」

そこで一度言葉を切って、飛田に心の準備をさせたあと、

「まず、そのレアだというレコードをデータにしました。ネット上にはレコードから音源を取り出したものが出回っていることがあるのでそれを使うこともできたのでしょうが、涌井さんは敢えてインターネット上にないレコードを選んだのでしょう。そちらの方がアリバイらしくなりますから。レコードをデータにするとどうしても細かい部分で本物と差が生じてしまいますし、涌井さんと大下さんが魅力だと仰っていたオリジナル盤のよさが消えてしまいます。しかし、今回はそれは重要ではありません。家政婦さんも壁越しですので、さすがにそこまで気づかなかったと推測いたします」

「そうでしょうね。家政婦さんはクラシックに興味はないらしいですし」

飛田の返事に満足したように安藤は小さく首肯して、説明を続けた。

「涌井さんはまずはそのレコードを録音して、データにしました。次に、並べたレコードの崩れる音を録音し、データにする。これは家政婦さんがご不在のときだと存じます。そうしないと怪しまれてしまいますから。同時に同じく家政婦さんがいないときにご自身の小さな悲鳴と、ちょっとレコードが落ちただけですから問題ありませんよ、という声も録音してデータにする。これらの音声データをパソコンで編集したりすれば、アリバイ作りの完成です。手の込んだものですし、絶対に家政婦さんがいないときに行わないといけないので、かなり難航したと思います。涌井さんの執念の一品ですね」

「そこまで準備したんですね。殺人という事実も恐ろしいですが、それを行っている姿を想像するとさらにぞっとします」

「仰る通りだとわたしも存じます。涌井さんのように、入念に人を殺す準備をする、というのは突発的な殺人よりも恐ろしいとわたしも思いました」

飛田と安藤が申し合わせたかのように、渋面を作った。絶対に大下を殺して自分は捕まらないようにするという涌井の心の翳りが恐ろしいと安藤も思っているようだった。

毒気を抜くために少し時間を置いて静寂を聞いてから、飛田は一番気になっていたことを安藤に訊くことにした。

「安藤さんの推理通りならば涌井に犯行は可能ですね。ただ、香水の件が気になって。涌井からは強い匂いがしなかったですし、そういう香水もつけないようなので」

「香水の種類や使う人の好みにもよりますが、首筋につける方は今はあまりいらっしゃらないかもしれませんね。それに、どんなに烈しく争っても、香水の匂いが服などにつくということは考えにくいのではないでしょうか」

香水にも様々な種類があるが、そうかもしれない。ついたとしても、微かな匂いに過ぎず、時間が経過すれば夜が消し去ってくれる。

なるほど、という納得する気持ちと、香水への無知の恥ずかしさが飛田の胸にこみ上げてきた。ただ、顔を逸らした飛田の気持ちを察したのだろう、安藤が事件の話を一休みさせて、

「香水の匂いは基本的には長時間、隣に座っていないとつきません。しかし、飛田さんがそういう推理をなさる気持ちも判ります。わたしは以前、強い匂いの香水が大好きな方とお酒をご一緒したことがあったんですが、帰ってきてからが大変でした。言い方は悪いですけど、腐った花のような匂いでして……しばらく後遺症が残ったのを憶えております」

そんな風に飛田の気持ちを和ませてくれた。こういう気遣いは安藤ならではの技だし、ありがたい。だからこそ、次の言葉をすんなりと編んで口に出すことができた。

「香水の匂いを誤魔化すためじゃなかったら、オクトモアは何のために使われたんですか？」

「一度、オクトモアと強烈な匂いを切り離してみてはいかがでしょう？」

「切り離す？　このオクトモアから匂いを取る、ということですか？」

飛田は手許に僅かに残っているオクトモアに目を落とした。鼻を近づけたわけではないが、まるで視線が匂いを吸い上げたように痛烈なスモーキーさを感じる。

「オクトモアから最大の特徴の匂いを取り除くと仮定すると……ごくごく当たり前のウイスキーになってしまいますね」

「はい。その通りでございます。涌井さんにとって犯行に使用するのはオクトモアではなくてもよかったのだと思います」

「え？　オクトモアじゃなくてもよかった？」

「ええ。もっと云うのであれば、アルコールでなくてもよかったと存じます。水やジュースでも充分だったと思います」

想像していなかった言葉に、飛田の口が半開きになった。にこやかなままの安藤に、自分の脳裏に浮かんだ言葉を問いかけたいのに、口が弾の詰められていない拳銃のようになってしまい、音にならない。

安藤は飛田を冷やかすわけでも、揶揄《やゆ》するわけでもなく、ふわっとした声で、

「しかし、水やジュースを死体にかけたのでは、涌井さんの本当の狙いがあからさまになってしまいます。ですから、警察関係者や報道機関、ウイスキーにお詳しい飛田さんたちに違和感を与えるために、わざとオクトモアを死体にかける、という行為をしたのだとわたしは考えております。飛田さんのようにオクトモアを愛していらっしゃる方は、そこに何らかの意味があると考えるでしょうし、まったく知らない方でも、あれだけの匂いのするものですから、いろいろと想像するのが普通です。それが涌井さんの狙いでした」

「そうすると、オクトモア六本は本当なら犠牲にならなくてもよかったんですね？」

「はい。仰る通りでございます。けれども、涌井さんはわざとオクトモアを死体に投げ落としました。涌井さんではなく、地震などのトラブルで落ちたかもしれないと思いましたがあのときはそういうことはありませんでした。ですので、オクトモアに拘泥する必要はないかと存じます」

「そうすると、涌井の狙いというのは……？」

「涌井さんの当夜の行動をわたしなりに整理してみました。まず、自室から抜け出した涌井さんは大急ぎで車で大下さんのお宅に向かいました。そして、三階のベランダで別れ話の続きをしながら、隙をついて突き落とす。ただ、この行動は涌井さんではなく、朝倉さんでもできますから、犯人がどちらかは判りません」

飛田は顔を数回上下させた。確かにこれだけでは涌井が犯人だと断定できない。

「わたしが涌井さんが犯人だと断言したのは、行動に奇妙な点があるからです。飛田さんが涌井さんの立場だったら、どうなさいます？」

「……そうですね。すぐにその場から逃げると思います。アリバイもギリギリですし、ブザーも鳴っていますし」

「そこです。そこが最大のポイントだとわたしは思いました。ブザーが鳴り響く中、呑気にオクトモアを死体に投げ落とすなんてこと、飛田さんならなさいますか？」

「しませんね、絶対に。そんな危険な真似をする必要はありませんから」

「仰る通りだと存じます。しかし、実際はおかしな状況が出来上がってしまいました。どうしてでしょう？」

飛田は眉間に指をあてて、数秒考えた。けたたましく鳴るブザーの中で、涌井が死体に向かってオクトモアを投げ落としている。その絵に既に違和感があり、思うようにそれ以

上先に想像が及ばない。頭をすっきりさせるためにチェイサーを口に含むと、

「おかしいと思うようであれば、条件を変えてみるのがよいかと存じます。つまり、ブ、ブザ、ザ、ザーが鳴っ、鳴っていっ、いな、いなかっ、かった、と」

「ブザーが鳴っていなか……」

そこまで呟いたとき、飛田の頭の中で数々の記憶が一つの糸で結ばれていくのが判った。

インタビューしたときの大下の印象、その家の離床センサーの特徴、そして、最後に飛田に投げかけた涌井の言葉――それらがようやく一つに纏まり、真相となって飛田の脳裏に浮かび上がった。

「そうか。涌井が大下を突き落としたとき、離床センサーは反応しなかったんだ。あれは体重を感知してブザーを鳴らすタイプのもの。痩せた大下の体重には反応しなかったんだ。そうですよね？」

眼鏡をずり上げ、興奮して叫ぶように飛田が云うと、

「その通りでございます。そうすると、どうして涌井さんがオクトモアで死体を濡らさなければいけなかったのか、お判りになると思います」

「ええ。涌井はオクトモアの匂いを利用したんじゃない。使いたかったのは重さだったんですね？」

「仰る通りです」

飛田の推理は坂道を下る車のように加速していく。

涌井は大下を突き落としたとき、ブザーが鳴ると思っていた。しかし、鳴らない。今の男子高校生の体重の平均は六十キロちょっとくらいだから、大下はそれくらいにセンサーが反応するように設定したはずだ。そのときの大下ならば、マットに落ちたときにブザーが鳴っただろう。だが、体を絞った大下は飛田が見た感じだと五十キロ少々しかなかった。それが涌井の計算を狂わせたのだった。

離床センサーが反応しなければ、自分のアリバイが成立しない涌井は焦った。せっかくの小細工が無駄になるし、今後は逆に自分に疑いがかかる。多分、涌井はもう一人の容疑者となる朝倉の行動を知っていて、彼女が一人になる時間に大下を殺して離床センサーを反応させ、アリバイを確保するつもりだった。しかし、肝心の離床センサーが反応しないとなると総てが水泡に帰す。

ならば、強引に離床センサーを反応させればいい。しかし、自らマットやその上に横たわっている大下の死体を踏んで離床センサーを反応させるのは躊躇われた。足跡や衣類の糸くずといった決定的な証拠を残してしまえば、アリバイも何も関係なくなってしまうからだ。

そんな涌井の視界に飛び込んできたのが、大量のオクトモアだった。開封し、中身を零すような形でオクトモアを死体に投げ落とせばいいのではないか。そうすれば、大下の体重にオクトモアの重さがプラスされて離床センサーが反応する。オクトモアは一本七百ミリリットルなので、ボトルの重さも入れると大体一キロ弱だろうか。それが六本なのだから、六キロ弱くらいの重さが加えられたことになる。涌井はその重さがほしかったのだ。

それに、オクトモアという世界一匂いのきついウイスキーがかけられていたとなれば、警察もそこに何らかの意味を見い出してくれるかもしれない、と思ったのだろう。少なくとも、ただの水や置物を死体に投げ落としておくよりはいい。涌井はオクトモアの強烈な匂いで重さを隠したのだった。

アリバイを作るために犯人自らが危険を冒して奇妙な状況を演出する――馬鹿馬鹿しいが、涌井にとってはそれが生命線だった。

その機転は成功を収めた。少なくとも飛田はオクトモアの匂いに惑わされたし、どうしても香りに注目が行き、重さを考えようとしなかった。まんまと踊らされたというわけだ。

しかし、飛田の胸には一本の棘《とげ》が刺さったままだった。

「でも、落ちたときの衝撃がありますよね？　その重さでセンサーは反応したんじゃないですか？」

「実はわたしも以前は似たことを思っておりました。自動車の衝突事故のニュースを見ていると、衝撃は重さに直すとどれくらいになるだろう、と気になってしまいますもので。ただ、お客さまで東北大学の理系の教授の方がおられまして、聞いたことがあるんです」

何故か少し恥ずかしそうに安藤が云い、どうしたのだろう、と飛田が思っていると、

「どうやらわたしのような素人が考える衝撃力といったものと、重さは違うようなんですよ。わたしも理解し切れているか不安ですが、Ｆ＝ｍａという公式があるそうです。ｍは物体の質量で、ａは加速度のことを示すようですね。これで安藤さんが想像してる衝撃力に似たものが割り出せるよ、と仰っていました。といっても、安藤さんが想像しているような衝撃力とは厳密には違うけどね、と云っておられましたが」

「ええと、そうすると、マットの柔らかさによりますけど、簡単に今回の場合を計算すると、どれくらいの衝撃力みたいなものが被害者が落ちたときに生じたんですか？」

「これもまたその方からの受け売りの計算ですが、七Ｎ《ニュートン》から十一Ｎの力が落ちたと推理できるかと。一Ｎというのは一キログラムの質量をもつ物体に一メートル毎秒毎秒の加速度を生じさせる力だとお聞きしました。しかし、先刻も申し上げた通りこれは重さではありません」

「でも、人が死ぬだけの力はあった、ということですかね？」

安藤は穏やかな微笑を飛田に送り、

「さすが飛田さん、飲み込みがお早いですね。その通りだと推察できます。しかし、それは一瞬の出来事でしたから、離床センサーは鳴らなかったのだと思います。落ちた瞬間、時間にすれば一秒にも満たないものに反応していてはさすがに支障が出ますから。それに、

重さで反応するタイプの離床センサーはあくまでも、人がそこにしっかりとのったときを想定しているそうですから、その一瞬では反応しなかったと存じます。落ちたほんの刹那以外は、あくまでも被害者の死体は元の体重のままですので」

「むしろ、オクトモアで濡れているにもかかわらず、よくも故障せずに反応しましたね」

妙な部分に感心して飛田が感想を零すと、

「ご指摘の通りですね。大下さんがダイエットをしていてセンサーが反応しなかったのは涌井さんにとって不運でしたが、故障しなかったのは僥倖《ぎょうこう》だったと思います」

「ダイエットといえば、涌井はどうして僕に大下はスマートになったがそれは他の女に見せるためだった、なんてヒントを出したんでしょうね？」

通り雨のようにさっと安藤は表情を変え、

「非常に申し上げにくいことですが、涌井さんは飛田さんを嘲笑したのだと思います。目の前に殺人犯がいる、というとても嫌らしいメッセージだったと存じます。とても一人の人間を殺めた人間の行うこととは思えません」

珍しく安藤は言葉尻を怒りで焦がしたように云った。飛田を元気づけ、小馬鹿にされたことを和らげようとしてくれているのも確かだが、愛するウイスキーを殺人で穢した涌井への憤怒も本物のようだった。

その証拠に付け足すようにこう云った。

「人間の命や尊厳を軽んじる人間は……ウイスキーを始めとした文化も軽んじるんですね」

その通りだと思ったので、飛田はオクトモアで口を塞いだ。すっきりしたはずなのだが、後味が悪い事件だった。

しばらく奇妙な沈黙が降りた。静寂は暮色に濁っていて、店内にはもう夜が訪れていることが判った。数秒前までは気にならなかったジャズの音が不意に高まり、やけにうるさく聞こえる。

「僕の先輩が云うには、今の警察は小説やドラマと違って賢いようですから、涌井も逮捕されると思います。涌井はデータを破壊しているでしょうし、例のレコードも日本には数枚しかないので裏づけなどが大変でしょうけど」

「そうなることを祈っております。殺された大下さんにも多少の非はあるかもしれませんが、一番罰を受けるべきは涌井さんです。何しろ、人の命にプラスして大量のオクトモアを殺したのですから」

いつの間にか安藤の表情がいつものものに戻っていて、冗談めかして云った。やはり安藤にはぎらついた怒りではなく、月光のような和みのある表情がよく似合う。

安藤の言葉のお陰で、飛田の心に細かい網のようにかかっていたものが取れた気がした。

そして、それが次の注文を紡いだ。

「もう一杯、オクトモアをお願いします」

飛田が云ったときには既に安藤は新しいグラスを用意していた。どうやら最後に飛田がオクトモアを頼むことを読んでいたようだった。それが心地よさに繋がって、

「安藤さんの推理は、匿名で先輩を通して警察に伝えようと思います。いいでしょうか？」

「はい、喜んで。それが大下さんとオクトモアのためになりますから。ささやかですが、わたしなりの供養でございます」

新しいグラスに入ったオクトモアが飛田の前に置かれた。無言で安藤に会釈をして、飛田はグラスに口をつけた。

つい数分前に飲んだばかりなのに、事件が飛田の中で終わったせいか、オクトモアの凶暴なまでのスモーキーさが緩和され、麦本来の甘さが口の中に広がった。大下が好んだのは、強烈な匂いだけではなく、この甘さだったのだろう、と漠然と飛田は思った。

しかし、飛田はそれは口に出さなかった。安藤は総てを知っているかのように、飛田に笑顔を投げているだけだ。今はその無言の会話が一番相応しいと思った。

二十分ほどかけてゆっくりと堪能したあと、飛田は会計を済ませて、席を立った。

「事件が正式に終わったら、また報告しに来ますね」

「わざわざありがとうございます。またお会いするのを楽しみにしております。どうぞお

気をつけて。またのお越しをお待ちしております」

安藤の見送りの言葉を背中に受けて、飛田は階段を下りた。外はまるで潤み始めた夏の淡い夜が、すっぽりと仙台の歓楽街を飲み込んでしまったかのようである。

建物から出た瞬間、飛田の頬を僅かに冷たくなった夜風が撫でた。微風は国分町に灯り始めたネオンの燈から、ざわめきや酒の匂いまで運んでくる。その中に、秋めいた寂しさのようなものが混じっているような気がした。

そのときになりようやく飛田は、一つの事件が終わり、一組の男女が終わり、早くも一つの季節が終わっていくのだということを自覚した。

何故、
犯人はキンクレイスを
要求したのか？

# 洋梨のフローズンカクテル

**材料**

ホワイト・ラム35ml
洋梨90g
ライム果汁10ml
シロップ15ml
クラッシュアイス2カップ

**一言POINT**

洋梨は、使用する4、5日前に購入して室温で追熟させておきます。お尻の部分を指で軽く押し、柔らかくなってきたら食べごろです。

## マスターの独り言

アイスクラッシャーを使ってクラッシュアイス2カップ分を削ります（硬く凍って締まっている状態が良いので、一度冷凍庫に入れて締め直す）。グラスを冷凍庫に入れておきます。

クラッシュアイス1カップと、すべての材料をミキサーにかけます。滑らかで、軽く立つくらいの硬さになるように残りのクラッシュアイスを少しずつ足しミキサーにかけていきます。

冷やしたグラスに注ぎ、洋梨のカットを飾り、太めのストローでどうぞ。

「お待たせしました。洋梨のフローズンカクテルでございます」

片山《かたやま》の前にすっと安藤の手が伸びてきて、薄黄色の細かい氷が小山を作っているグラスを置いた。目の前に置かれた瞬間に、洋梨の仄かに甘い匂いが鼻を擽り、季節が晩秋へと踏み入っていることを片山に伝えてきた。しかし、真昼間のせいか、窓から見える街並みには光が夏を彷彿とさせる強さで切りかかっていて、とても秋が訪れたとは思えない。また、陽炎《かげろう》のような靄が漂っていて、街全体が執拗《しつこ》い夏の忘れ物に喘いでいるようにも見えた。

だが、眼前に置かれている洋梨のフローズンカクテルは、北国の冬を思わせるひんやりとした涼風を送ってくる。縁に大きな芒《すすき》の穂のような形で引っかかっている洋梨の切れ端にも秋らしさがあって、目に涼しいカクテルだ。

片山は安藤と目を合わせたあと、グラスへ手を伸ばし、太めの赤いストローを使って山を崩しながら、一口、含む。

洋梨の甘みと瑞々しさが口の中いっぱいに広がり、何とも云えない多幸感で満たされる。テキーラが入っているので多少はアルコールを感じるが、それは目の前で作っているところを見ているからこそ判るのであって、もしも、何も知らない人が飲んだら、少しアルコールの匂いがするな、くらいにしか思わないはずだ。フローズンカクテルというものは材料と一緒に氷をミキサーにかけ、シャーベットにしたものである。

だから、その氷が溶け切れば他のカクテルと同様のアルコール度数になるが、シャーベットの状態では度数が高い。自然とアルコールが強調されることになる。

それなのに、この洋梨のフローズンカクテルはそこまで自己主張が強くなく、さらっと飲める。また、洋梨の甘さがあることにはあるが、ベタついたものではなく、爽快さがあるため口の中に不快感はまったく残らない。

飲む手が止まらないとはこのことだった。カクテルそのものの美味さのせいもあったが、窓から射し込む目映《まばゆ》い日光に急かされるようにして、片山はグラスから一度も手を離すことなく、洋梨のフローズンカクテルを飲み干してしまった。少しずつ飲むのが四十過ぎの男の飲み方かもしれないが、そういうことを忘れるほど洋梨のフローズンカクテルは美味だった。

最後に洋梨を口に運んで一息吐いていると、安藤がさっとグラスと皮の入った小皿を片付けてくれた。このあたりの間合いも絶妙である。

「何かお持ちしましょうか？」

目許を緩めた安藤が片山に優しい視線を送ってくる。注文しろ、と強要するようでもないし、高い酒を頼め、と無理強いしてくるわけでもない。ただ単純に、お客さんに酒を愉しんでほしい、という思いが言葉に滲んでいる。その心遣いが大して金を持っていない片山には嬉しかった。

貯金という単語を知らない片山は、金が入れば風俗や賭け事、酒に注ぎ込んでしまうため、懐には常に空っ風が吹いている。しかし、今日は違った。毎月七日は、あるウイスキーを飲むと決めている日なのである。そのために片山はいくら欲望に溺れても、この日に使うための金だけは箪笥に貯めるようにしているのだった。

その本命に入る前に、季節のカクテルをもう一杯、飲もうかという気持ちもあった。他にも晩秋にしか出ないカクテルはある。

片山は少し迷ったが、やはり、月一の楽しみを選ぶことにした。もちろん、そのウイスキーを味わいたいという欲求があるからだが、もう一つ、片山には飲むべき理由があった。

「いつものやつをお願いします」

片山は煙草で嗄《しゃが》れた声を出した。一昨年から禁煙をしていて、舌の感覚は昔のような鋭さを取り戻しつつあるが、声だけは元に戻らない。

「承知しました」

店内を斜めに切っている陽射が、安藤の微笑みに金色の彩りを添えた。バーのマスターというと暗がりしか似合わない印象があるが、『シェリー』が午後三時からやっていることもあり、安藤は昼の健全な光もちょっとした装飾にしてしまう。それもまた片山が『シェリー』を贔屓にしている理由の一つだった。

しかし、片山が数多い仙台のバーの中で『シェリー』を特別視しているのは、最も好きなウイスキーが置いてある、という理由からである。その銘柄は、ウイスキー人気が大してなかった頃でさえも、都内だったらハーフショットでも五千円以上はしたらしい。だが、それが『シェリー』ならば三千円で飲める。当時の仕入れ値で値付けしておりますので、と安藤はさらりと云っていたが、多くのバーがプレミアをつけて法外な値段をつけている中、『シェリー』の安さは庶民の片山にはありがたかった。

安藤は数え切れないくらい並んでいるボトルの群れへと体を向けた。それと同時に片山もそちらに視線を折る。

暖色のバックライトに照らされた瓶たちは、遠い幻燈のようにぼんやりと浮かび上がり、片山を見ている。自分の出番を待っているかのようなボトルもあれば、のんびりしようと怠けているものもあるように見えた。

しばらくして、安藤の手が右隅の方へ伸び、一本のボトルを探し当てるようにして取り出してきた。何日かに一度は安藤が店内総てのボトルを磨いているため、埃が溜まっている様子は見られない。

ラベルには赤ワインのような色で、Connoisseurs Choiceという文字がアーチ状に躍っている。琥珀色の液面はボトルの中ほどで止まっていて、片山以外の人間が飲んでいないことを示していた。人気があったり話題になっている銘柄は一ヶ月から三ヶ月でなくなるらしいが、このボトルはもう何年も姿を留めている。

そのボトルを安藤が手にして、尖端に巻かれているパラフィルムを剝がし、一度逆さにしてコルクを濡らしてから開栓した。しょっちゅう出番のあるボトルの栓ならば問題ないが、これのように一ヶ月に一度しか日の目を見ないようなものの場合、乱暴に開けるとコルクが破損してしまうことがある。安藤はそれを危惧していつも以上に丁寧な手つきをしているのだ。

ぎっぎっ、という軋むような音とともに栓が開き、シルバーのメジャーカップが琥珀色の液体で満たされる。そして、それが少しの曇りもないグラスへと注がれた。

「お待たせしました。こちら、キンクレイス二十六年、ハーフになります」

片山の前にキンクレイスを湛えたグラスが置かれた。もう十数回目になるが、この瞬間の期待感は何物にも代えがたい。ウイスキーを飲まない人たちは、たった十五ミリリットルに三千円も払うのは度をこえていると蔑むだろう。しかし、片山は三千円で幸福が買えるのは安いと思っているし、ウイスキー愛飲家ならばキンクレイスがその値段で飲めるのは格安だと思うだろう。

キンクレイス――それはウイスキーの魅力に憑かれた人間ならば一度は飲みたいと思う

銘柄であるし、多くの人が幻だと思って諦めてしまう蒸溜所の名前である。キンクレイスを飲もうとする行為は、湖面に浮かぶ月に手を伸ばすようなものでもあるし、理想の女に会いたいと思い続けるようなものでもある。即ち、それはほとんど不可能に近いのだ。その限りなくゼロに近い可能性の一部が自分の手許にある喜びを片山は叫びたかった。

キンクレイスはスコットランドでも南部、通称、ローランド地方というところにあった蒸溜所である。創業は一九五八年と比較的最近だ。しかし、そこで作られたモルトは総てブレンド用に回されてしまい、一度たりともオフィシャルのシングルモルトは販売されたことがない。結局、オフィシャル販売がないまま、キンクレイス蒸溜所は一九七五年にモルト部門は閉鎖されてしまった。稼働していたのはたった十七年である。蜉や蛍のように、短命で儚い蒸溜所がキンクレイスなのだ。

そのため、キンクレイスという銘柄を飲みたければ、蒸溜所から樽を買って独自に販売しているボトラーズを探すしかない。

しかし、ボトラーズでもリリースが極端に少ない銘柄でもある。片山が知っているのは、ゴードン＆マクファイル社がコニサーズチョイスシリーズで出したものと、シグナトリー社が世界一六三本限定で出したボトルくらいだ。他にもケイデンヘッド社が出したものやダンカン・テイラー社のボトルもあるが、広く知られているのはその二本だろう。

ここに置いてあるのはゴードン＆マクファイル社のものである。片山は『シェリー』に来る前にそれなりの数のウイスキーを飲んできたので、キンクレイスの名前くらいは知っていた。ただ、実物を見たのは初めてで、思わず、財布の中を確認せずにそれを注文してしまった。九〇年代から急に人気が出始め、今や一本十万円で買えれば幸運と呼ばれている銘柄である。後先考えずに飲みたくなるのがウイスキー党というものだろう。

感動だった。レア系の場合、期待感が大きい分、肩透かしを食らうことが多いが、キンクレイスは違った。香りはマスクメロンに近い。それに加えて、バナナやパイナップルといった果物が混じる。味わいはといえば、非常に複雑でとても一言では云い表せないが、かなりフルーティーなのは判った。そして、微かにスモーキーさを感じる。深みがあって、余韻が長いのも大きな特徴の一つだった。

幻を手に入れた、という達成感が好印象を導いたことは否めないが、それを抜きにしても美味しいと思った。少なくとも、他の銘柄ではこんな体験をすることはできない。

普段は無口な片山だったが、その興奮を初めて会った安藤に熱っぽく語った。その一つ一つに安藤は丁寧に相槌を返し、最後に、お客様のような方に飲んでもらってキンクレイスも喜んでいると思います、と云ってくれた。

以来、片山は『シェリー』のキンクレイスの熱狂的なファンだ。誰でもキンクレイスを注文することはできるだろうが、メニューには載っていないし、『シェリー』に格安のキンクレイスがある、という情報が流れているわけでもないので、ほぼ飲まれない。だから、片山が実質キープしているようなものである。

時間が経ち、キンクレイスはどのように変化しただろうか、と思い、片山はグラスを少し回したあと、口をつけた。

相変わらず、香りにはマスクメロンのような芳醇さがある。味もライトさの中にフルーティーさが残っている。ウイスキーというものは生き物であり、一度開けてしまうとそこからどんどんと味が変化していく。それを劣化と云う人もいるし、香りが開いていくと評価する人もいる。片山は後者で、人間の成長のように次第に変わっていくウイスキーを愉しむタイプだった。

「やっぱり美味しいですね、キンクレイス。味も開封時からそんなに変わっていない気がしますし。パラフィルムのせいかな？」

ボトルの口に巻かれていた透明の膜をパラフィルムという。安価でゴムのように伸び縮みして簡単に取りつけができるので、湿気及び空気による汚染を防ぐため封をするのに用いられている。実験室で主に使用されていたが、今ではその実用性を買われて、園芸や昆虫採集、プラモデル作りでも使われているらしい。

誰が最初にウイスキーに使用し始めたのか判らないが、栓をしても空気が侵入して中身を酸化させたり、逆に蒸散させてしまうことがあるため、片山の知る限りではいくつかのバーでは開封済みのボトルにパラフィルムを巻くようにしている。『シェリー』もそうで、キンクレイスのようにあまり開ける機会のないものに安藤は丁寧にそれを巻いているようだった。

「味が落ちていないようで何よりです」

安藤が微笑しながら、加水用の水とチェイサーを出してくれた。片山は一度、チェイサーで口の中を洗ってから、もう一度、新たな気持ちでキンクレイスを舌の上に転がす。キンクレイスは味が変化すると、接着剤のような匂いがすると云う人もいる。しかし、やはり、それはあまり感じられない。開栓してから一年以上経っているのに、まだ果実のような匂いは残っている。パラフィルムの効果はまだ実証されていなかったと思うが、片山は充分に働いていると思った。

「そういえば、あのキンクレイスたちもパラフィルムを巻いていたっけな……どうだったっけな……」

仄かな煙臭さが鼻に流れてきたとき、片山の口からそんな声が零れた。

「キンクレイスたち、ですか。大量のキンクレイスを見たことがおありなんですか？」

安藤が耳聡く反応した。ただ、興奮して詰め寄ってくるような云い方ではなく、柔らかなものである。そのため、片山も次の言葉を容易に紡ぎ出すことができた。

「もう終わったことだから話してもいいと思うんですけど、数ヶ月前、誘拐事件があったのは知ってます？」

「ええ。仙台の不動産王、大田剛《おおだごう》さんのお孫さんが誘拐された事件ですね？」

さすが安藤はよくニュースをチェックしている。バーテンダーは多くの知識を内に蓄えていなければならない。そうしなければあらゆるお客さんに対応できないからだ。

片山は視線をキンクレイスから安藤へと移した。安藤は口許にも目許にも微笑みを絶やさず、片山を見ている。安藤の目は片山の言葉を待っているようだったし、柔らかな線で崩れた唇は、どんなことを云ってもこちらの気分を害さない返答をしてくれそうだった。

「報道されていないですけどね、あの事件にはキンクレイスが関わっているんですよ」

片山がそう云っても安藤は表情を崩さない。むしろ、柔らかさが増したような気がする。

安藤は優しげな表情をそのまま声にして、

「それは初耳でした。どうして片山さんはそんなことをご存じなんですか？」

「それは俺が少しだけ——いや、少しじゃないな。かなり事件に関係していたんです」

安藤が醸し出す優しい雰囲気に吸い込まれるように、片山はぽつり、ぽつり、とあの忌まわしい事件について語り始めた——。

※

片山が大田の下で働き始めたのはちょっとした事件がきっかけだった。事件と云っても、警察沙汰になっていないので些細なイザコザと云った方が近いかもしれない。

去年まで、片山は国分町の居酒屋で働いていた。個人経営の店ではなく、全国どこへ行ってもあるような居酒屋で、出す酒や料理も不味ければ社員の対応も悪いという、劣悪な店だった。すぐにでも辞めたいと思っていたが、高校を卒業したあと、絵の仕事に就きたいと思って高名な画家の下で修業したものの小さな口論から師の渾身の作品に一筋の赤線を引いてしまい、たった一ヶ月で放逐されてしまった片山には行くアテがなかった。大学進学を薦めてきた親に反発して家を出ていた片山にとって、出戻りをするのは恥辱以外の何物でもなく、仕方なくすぐに働ける居酒屋に縋ってしまったのだった。

片山が引いた一本の線が奪ったのは、代表作になったであろう画家の絵だけではなかった。片山の十代後半から三十代にかけての人生をも略奪し、人間らしい生活を真紅の線で切り離したのである。数年働いて金を貯め、別の画家の下で修業しようと思っていたが、過酷な労働や上司からの叱責は片山の人格を歪ませ、賭け事や風俗へと走らせた。結局、借金だけが増えていき、もう元の生活に戻ることはできなくなっていた。あのときに握り締めた赤い絵具が片山の人生を狂わせたのである。

しかし、今の片山は赤い色を憎んではいない。同じ色が片山を救うことになったからだ。

その日は夕方から雪だった。仙台はそれほど雪の多い街ではない。しかし、この日は烈しく降りしきり、あっという間に国分町の華やかなネオンを白雪の下に沈めてしまった。

今日は客も少ないだろう、と思いながら、片山が生ゴミを店の外に出したときだった。大きな怒鳴り声が耳に入った。まだ午後七時過ぎと時間は浅いが、ここらへんでは酔っ払いが出始める時間帯である。酒に溺れたやつらが口喧嘩をしているのだろうと片山は思った。

しかし、声のした方を見ると、細い路地裏に恰幅のいい男が倒れており、白く濡れたアスファルトの上に赤いものが点々と飛び散っている。倒れている男の鼻からは一筋の血が流れ落ちていた。どうやら、男を見下ろしている二人の若者が殴り倒したらしい。

若者といっても、二十代中ほどくらいだろうか。二人とも兄弟のように髪をオレンジ色に染めており、耳にはピアスが光っている。やくざに成り切るだけの度胸はなく、かといって、堅気として生きていくだけの真面目さもない、典型的な落ちこぼれのように見えた。やくざならば簡単に堅気の人間を殺めないし、今は警察の目も厳しいので、手を出そうとはしない。昔のような任侠はなくなってしまったが、それでもやくざにもやくざなりの決まりがあり、それを守っていると風俗店の元締めの顔見知りのやくざから聞いていた。

だが、倒れている男を蹴っている二人の若者は明らかにそうではない。甲高い笑い声をあげながら男の脇腹を蹴っている二人は、一線だけは越えてはいけないという決まりを遵守しているとは思えなかった。片山には、不良たちが倒れている男の命そのものを蹴って遊んでいるように見えた。

面倒事に巻き込まれるのは御免だったし、長時間、持ち場を離れるとあとから店長に小言を云われてしまうから見て見ぬフリをしようと思った。また、画家の下から飛び出たときから片山は赤という色が嫌いで血のようなものは特に憎んでいた。だから、そのときもその場から離れようとした。だが、何かに引き寄せられるようにして、自分の意思とは別に体が声のする方へ動いていた。

「おい。お前ら、そこらへんにしとけよ」

片山はゴミ捨て場に業務用の大きな袋を置き、不良二人に声をかけた。二人は一瞬、片山を警察かと思ったのか、ぎょっとして動きを止めたものの、居酒屋の店員だと気づくと、

「おっさん、俺たちの遊びの邪魔をすんなよ」

よく似たやつらだが、そう云って先に片山に反論してきた方が若干、背が高い。それに、多分こちらが年長で兄貴分なのだろう、もう一人の方はその肩影に隠れるようにして片山を睨みつけている。睨んでいるのだが、にたにたと口許を緩ませているあたりに若さと不良としての未熟さを感じさせた。

兄貴分と見える男が、ぎゅっぎゅっ、と雪を革のブーツで踏み締めながら近づいてきて、

「邪魔するようなら、おっさんもああなるぜ」

鼻で笑いながら、倒れている男を見た。男は一応、生きているらしく、雪に溺れるようにしてもがいている。若者はそれを勲章のようなものだとでも思っているのか、視線の道

を空けて、片山に見せつけている。

だが、片山は表情を変えず、

「この男がお前らに何かしたのか？　肩でもぶつかったか？　因縁をつけられたか？」

怯《ひる》むことなく、若者に訊ねる。そのことに若者は多少戸惑っているようだった。ただの居酒屋の店員ならば、警察を呼ぶぞ、と云うか、店の人間を呼んで数で対抗するだろう。

しかし、片山はそのどちらの手も取らなかった。弱者を甚振《いたぶ》るものは許せないという正義感溢れる人間だからではない。少しでも騒ぎが起きれば野次馬が集まってきてくれる、と踏んでいたわけでもない。ただ単に、片山には若者二人が怖くなかったのである。

片山の父親は息子に小さな頃から空手を習わせていた。片山は興味はなく、嫌々、近所の体育館で行われている教室に通っていたのだが、好きでなくても体は自然に鍛えられる。中学に上がるときに辞めたとはいえ、最後の大会では三位に入賞できるほどになっていた。

父親は自分が体が弱かったせいか、息子にはそのまま空手を続け、黒帯まで取ってほしいと思っていたようだが、片山の心は絵画へと動いていた。父親とは何度も口論になったが、結果として片山は鍛えた手で空手への道を叩き割り、絵筆を握ることにしたのだった。

ただ、数年経っても、片山の強さは変わらなかった。ひょろっとした体軀で目立つため、学校では不良たちの的になることがあったが、そういう障害は総て自分の手で払い除《の》けてきた。それは二十歳になっても変わらなかったし、三十になっても同じだった。画家の夢を諦めてからは赤い色を見るのが嫌だったので相手を殴ることはしていない。でも、武道で鍛えられた心構えがあるだけで素人相手には充分だ。相手に動じないという精神力があればいい。習った武道の本質というのは、刺青のように深く体に刻まれていて、危険なときには自然に顔を出す。このときも同じだった。

凄んだわけではないが、後ろに隠れていた弟分の方がたじろぎ始めた。一般人とは違う何かを感じ取ったらしい。人の威を借りてばかりいる臆病者の方が、最初に逃げ腰になることを片山は知っていたので驚きはない。

「どうせお前らが難癖をつけて金でも巻き上げようとしたんだろ？　殴りたけりゃ、ボクシングジムにでも行けよ」

片山が静かに云うと、兄貴分の方が咽喉を詰まらせたような声で、

「そ、そういう問題じゃ……ねえ」

口調だけでなく、視線が揺らいでいて、こちらも片山の不気味さを肌で感じ始めているようである。こうなると片山に立ち向かってくるだけの気力が湧いてこないはずだ。

片山は駄目を押すように、

「一方的に殴っても面白くないだろ？　そんなに人を殴りたけりゃ、知り合いの組を紹介するぞ？　まあ、あそこは人を殴るどころか、人を殺す世界だけどな」

白い息とともに吐かれた声は、氷柱《つらら》のように冷たく鋭いものになった。ちょうど強風が

吹き抜け、地面から吹き上がった粉雪が片山の左の頰を掠め、顔に白い傷跡を残した。片山の言葉に恐れを覚えたのかもしれないし、その一瞬だけの白い傷が怖く見えたのかもしれない。二人の不良は無言のまま、明るいアーケードの方へと逃げて行ってしまった。残されたのは倒れていた男である。片山は駆け寄り、肩を抱いて起こした。

すると、六十過ぎと見える頰の弛んだ男は、痛む腹を押さえながら、譫言《うわごと》のように、

「上島《かみしま》……上島……上島……」

呟いている。本人は呟きではなく、叱るような強い言葉を吐きたがっているようだが、声になっていない。熟れ過ぎた果実のような厚い唇からは、小さな声しか零れていない。上島というのはあの若者二人のどちらかの名前なのか、と思ったが、そういうことを調べるのは警察の役目だ。今、自分がすべきことは救急車を呼ぶことだ。顔の切り傷は大したことはないが、腹を何度か蹴られていたのでもしかしたら命にかかわるかもしれない。

そう思った片山が携帯で救急車を呼ぼうとすると、よろよろとした男の手がそれを制し、コートの内ポケットから、一枚の名刺を出した。白い名刺は血で濡れていたが、それがある病院の院長の名刺であることは判った。

この男が医者なのかと思ったのだが、

「救急車はやめてくれ。そこの……携帯の方に電話をしてくれ。大田と云えば判る……」

と云ったので、痛みに呻いている男が大田だと判った。名刺の医者とは知り合いで、か

かりつけにしているのだろう。

　云われた通りにすると、向こうは慌てた様子で、仙台市内の住所を云い始めた。そこへ大田を連れてきてくれ、ということらしい。

　厄介なことになった、と思ったが、ここまで来て引き返すわけにはいかない。片山は勤め先に事情を話して、大田に肩を貸しながら定禅寺通へ出ると、行列を成しているタクシーに乗り込んだ。大田が出血していたので乗車を断られるかもしれないと思ったが、運転手は冷ややかな声で、シートを汚さないでくださいよ、と云っただけだった。

　十分もせずにタクシーは病院に到着した。広瀬通《ひろせどおり》から一本入ったところに建っている小さな病院は、雪の衣を淡く纏い、白壁の色を深めて片山たちを迎えた。大田を待ち受けているのだろう、細長い窓からは明かりが漏れていて、白く染め上げられた道を淡いオレンジ色で濡らしている。

　診察時間はもちろん終わっていたが、先に片山がタクシーから降りると、饅頭のように小さく太った医師と、化粧っ気のまったくない若い女性の看護師が、脚と車のついた仰々しいストレッチャーを持ちだしてきて、大田を診察室へと運んだ。急患といえば急患だが、そこまで病院側が大田を丁重に扱う理由が片山には判らなかった。

　判らなかったが、それはそれでいい。片山は自分の仕事は終わったと思い、乗ってきたタクシーにそのまま戻ろうとした。だが、そのとき、看護師の声が片山の背中にかかった。

「待ってくれ、と大田さんが仰っています。病院の待合室でお待ちください」

看護師は白い無表情で云い、片山を引き摺るようにして病院へと招き入れた。気が進まなかったが、断るわけにもいかない。

蛍光灯がやけに明るく、アンティーク調の椅子とテーブルが置かれた待合室で片山は待たされた。深夜のように静まり返った中に身を置いていると、途中で勤務を放り出してきたせいでクビになってしまうかもしれない、という不安と、自分は赤い色に呪われているのだからあのときに見て見ぬフリをすればよかった、という後悔の念が交互に片山の体を襲ってきた。テレビもラジオもない静寂の中だと、心がその二つの暗い気持ちに揺り動かされ、振動の幅が大きくなっていくのが判った。大田に暴行を働いていたチンピラ二人よりも、断然、今の時間の方が怖かった。

だが、一時間後に大田が顔に包帯を巻いて戻ってきたとき、片山の心を不安定にしていたものは両方とも消える。片山の姿を認めた大田が、開口一番、

「キミ、俺のところで働く気はないか?」

そんなことを云ったからだ。ぽかん、としていると、大田はニコニコとしながら、

「キミは俺を救ってくれた恩人だ。それに、不良どもに向かっていった度胸もいい。今のところの倍、いや、三倍は出す。ボディーガード兼運転手として、俺の下で働かないか? 免許はあるが、自分で運転するのは嫌でね」

突然のことに戸惑い、返答に困っていると、

「決まりだな。キミが勤めている店には俺から云っておく。明日から、ここに来てくれ」

そう云って、大田は内ポケットから焦げ茶の名刺入れを出すと、一枚の名刺を差し出した。表には大田不動産という会社名と大田剛という名前、そして社長という肩書きが堂々と書かれている。しかし、一風変わっているのが、紙が赤だという点だった。夕焼けのような赤い紙に黒い文字で名前などが印字されている。

また赤い色か——画家になる夢を赤い線で壊し、血が飛び散る騒動に巻き込まれ、辿り着いた先が紅色の名刺であることに片山は奇妙な運命を感じた。それに、平板な居酒屋の勤務よりも、大田の下で働く方が面白いかもしれないとも思った。

「判りました。よろしくお願いします」

片山は初めて大田を真正面から見て、頭を下げた。金満そうな見た目や、病院を私物化していることから、自分とは合わないと思ったが、そのときは同じことを繰り返すだけの日常から離れたい気持ちが強かったのである。

片山が、上島、という名を再び聞いたのは翌日、大田の運転手になった日のことだった。

片山の背を遥かに凌ぐ煉瓦積みの塀に守られている大田の自宅は、古い西洋館に似ていて、鋭く尖った屋根の尖端で羽ばたいている風見鶏が格式と値段の高さをそのまま表していた。周囲を見回しても明らかに異質で、大田の家だけが明治時代か大正時代から抜け出てきた

かのように浮いて見える。

鎖《とざ》されている黒い鉄扉の前まで社用車で行くと、四十を少し過ぎたくらいの女性が片山を待っていた。大田の妻かもしれないと思ったが、スーパーで買ったような安物のブラウスや、買い物袋を持つのに適した逞しい肩のラインが庶民であることを端的に示していた。

この女も大田に雇われているのだろう、と片山が推察したとき、

「あなたが上島さんの代わり？　あたしはここで働いている平塚《ひらつか》。何か判らないことがあったら云って頂戴」

口振りまでそこらへんにいる中年女性である。金持ちしかいないところで働くのは息苦しいと思っていたので、片山はほっとし、自己紹介をしたあと、

「あの、上島さん、というのは？」

気になっていた名前を出した。昨日、倒れていた大田が呪詛《じゅそ》のように呟いていた名だ。

平塚は、ああ、という顔をして、

「あなたの前任よ。ずっと運転手をしてたんだけどね、あの人はどっちかっていうと臆病な人だったから、昨日の騒ぎで社長を置いて逃げ出しちゃったらしくて。社長はカンカンになって、昨日のうちにクビにしたみたいね」

「ああ、そうなんですか。大田さん、いえ、社長はかなり豪快な人なんですね」

平塚は皺の目立つ目尻にさらに皺を寄せて、

「そりゃあね。あたしも長いこと働いてるけど、こういうことは随分あったわねえ。会社の部下もすぐに辞めさせちゃうし。上島さんで……何人目かしら？」

本気なのか冗談なのか、ぶつぶつと名前を呟きながら太い指を折り始めた。みるみるうちに数は増え、あっという間に片手では足りなくなってしまった。片山はそれだけで大田の人となりがよく判った気がした。

確かに大田は我儘をそのまま人間にしたような男だった。豪放磊落《らいらく》と評す人もいたが、片山の目には自由奔放な子供がそのまま大人になったように映った。豪放磊落ならば他人の気分を害すことはないだろうが、大田は平気で心を蹂躙《じゅうりん》していた。また、子供ならば無邪気さで取り繕うこともできるだろうが、大田には金で総てを解決する汚い大人の狡猾さがある。だから、片山は大田を我儘な大人としか見られなかった。給料に目が眩んで運転手兼ボディーガードを引き受けた片山が思うことではないが、大田は札束で人を動かせると思っているし、金の盾で総ての厄災を防げると思っている。いかにも傲岸な成金らしい考えだ。

それでも仙台の不動産王と呼ばれるからには商才はあるのだろう。それは会社の立地からすぐに判った。大田不動産は仙台駅から程近いガラス張りの近代的なビルの中にあり、そこの三フロアを借りていた。詳しいことは片山には判らないが、テナント料だけで月に百万円以上はするだろう。それを維持しつつ、社員を数十人雇っているのだ。商売の才がなければそんな真似はできない。

また、後になり、大田不動産は東日本大震災で大幅に値下がりした仙台の土地を買い占め、東京五輪が決まって、それらが高騰したと同時に売り捌くことでさらに業績を伸ばしたと聞いた。人格としては破綻しているかもしれないが、そういう才能はあるらしい。

ただし、どんな話のあとにも、商売は巧いけど性格は酷いからねえ、という尾鰭がついていた。大田の性格の歪みは初めて会った日から気づいてはいたが、会う人会う人全員が口を揃えて云っていることに片山は一抹の不安を覚えた。そして、行動を共にしているとその不安が自分の胸の中でどんどん大きくなっていくのが判った。会社にいるときは、ミスをした社員を怒鳴り散らしていたし、暇な時間ができると片山に運転を任せて郊外へドライブへ行くのだが、ここは俺の土地だ、ここは俺が売ってやったところだ、という自慢話しか出てこない。様々な人が貶すのも判る。

それだけならば片山は何のストレスも感じなかっただろう。今までの人生で何度も味わってきて慣れている。しかし、大田と二人きりでバーに行った晩だけは腹の虫が騒いだ。片山が飲みたくても飲めないような高価なウイスキーを、水やジュースのように荒っぽく扱っていたからだ。

高価なウイスキーに限ったことではないが、いい酒というのは人と歴史と時間が大切に育んだものである。価格は設定されているが、背後にはそれらが隠れていて、酒をしっかりと支えている。片山は酒を飲むときにはいつもそのことを忘れてはならないと思っていたし、敬意を払うようにしていた。それなのに大田は、金さえ払えばただの液体に過ぎない、とでも云うように乱暴な飲み方をする。片山が働いていたような居酒屋で出てくる大量生産された安酒ならばそれも仕方ないかもしれないが、大田が選ぶのはいつも決まって貴重なウイスキーだった。そのくせ、これはそれほどではないと文句をつけたり、今日はもう飲めんなと気紛れを起こして、平気で残して店を出る。それが片山には堪えられなかった。

片山は運転手としての役目があるから、いつもアルコール抜きだったが、それが幸いした。酔った状態でそんな人間の隣に座っていたら、本能の赴くままに殴りかかっていただろう。それくらい許せないことだった。

さらに悪いことに、大田はこの世にはもう存在しない蒸溜所のウイスキーばかりを好んでいた。大して美味くなさそうにしていても、それがもう製造されることのない、閉鎖された蒸溜所のウイスキーだと知ると、猫の目のように評価が一変する。そして、片山にその銘柄を一本手に入れるように命令するのだった。オークションだろうが、貴重なウイスキーを扱っている店だろうが、金に糸目はつけない。それが大田のウイスキーの楽しみ方だった。

要は、大田にとってウイスキーは文化ではないのである。世界的なブームに乗り、最近はウイスキーを投資目的で買う人が多いと聞くが、大田も似たようなものだった。大田は金を持っているので投資が目的ではないが、貴重な一本を持っているという独占欲とコレクターとしての名誉欲を満たすための道具としてウイスキーを見ているのである。

永遠に飲まれることのないウイスキーたちが大田の家の一室に集められ、静かに眠っているという話を平塚から聞いた。大田はそれらを眺め、狸のような丸い顔に笑みを浮かべて悦に入っているのだろう。想像すると、ウイスキーたちが大田の視線によって犯されているような気がして不憫でならなかった。

給料は以前の二倍や三倍ではなく一・五倍程度にしかならなかったが、それについては何とも思わない。大田の自慢話と愚痴を聞くことも苦ではない。ただ、ウイスキーを骨董品のように扱うことだけが片山の不満であり、大田に対する最大の憤りだった。

それでも、人間というものは環境に慣れる。大田の本性を知って半年も過ぎる頃には、片山はもう怒りを覚えることはなくなっていた。大田がウイスキーを冒瀆《ぼうとく》している分、自分が『シェリー』でそれらを大切に扱えばいいと思い始めていた。大田が『シェリー』の存在を知らないことがせめてもの救いだった。

そんな折、大田が思い切った行動に出た。何と、片山が愛してやまないキンクレイスを樽ごと買うことにしたのだった。

樽ごとの販売に関してはウイスキー人気が下火だった二〇〇四年にサントリーが行って

いるので、片山はさほど驚かなかった。ただし、あのときも一番安い樽で五十万円、最高値は山崎の一九七九年のもので三千万円の値がついていたはずである。モルト部門は一九七五年に閉鎖されてしまっている上に、現存する樽自体が極端に少なく、ボトラーズのところにごく僅かにあるだけだ。それに加えて世界的なウイスキーブームである。比較的小さな百八十リットルのバーレル樽という種類だとしても、キンクレイスならば軽々数百万円を超えるだろう。下手をすれば五千万円以上はする。数千万円でも片山にとっては雲上の数字なのに、五千万円となるともう訳が判らなかった。自分と大田の間に明確で確実な線が引かれているのがはっきりと判った。

そんな高額なものに、腕時計やジュエリーを買うかのように、簡単に話をつけてくるのだから、大田の金銭感覚は狂っている。詳しい金額は知らされていないが、大田は六月の頭に海外のG社というボトラーズに金を積んで、キンクレイスの樽を一つ、手に入れた。どうやらそれを瓶詰して売るつもりらしい。

その話を聞いたとき、片山は少し不思議に思った。所有欲が強い大田ならば、キンクレイスの樽を独り占めしそうなものだ。樽を自宅に保管して、醜悪な欲を満たそうとするだろうに。そうしないことに片山は不審を抱いた。

しかし、大田には別の考えが二つあった。一つは九月一日が孫の健人《けんと》の誕生日であり、発売日をその日に合わせ、ウイスキーの販売自体をプレゼントにしようとしていたのだ。

まだ十歳にも満たない子供にウイスキーの価値など判るはずがないが、大田なりの愛情の示し方なのだろう。大田は他人を見下し、辛くあたることばかりだったが、唯一、孫の健人にだけは甘かった。どんなに性格に難のある人間でも、孫には好々爺になるというのが世の常である。大田もその例に漏れず、健人にだけは愛情を注いでいた。それには妻に先立たれ、一人息子が末期ガンで命を落とし、義娘《ぎじょう》が大田の横暴に堪え切れずに家を出てしまい、健人だけが身近にいる係累になったことも関係しているかもしれない。

片山は一度だけ大田が健人と戯れているのを見たことがある。その日は珍しく大田の帰宅が早く、夕方五時くらいに自宅に送り届けたのだが、庭で遊んでいた子供が駆け寄ってきた。左へと流れている髪は少し茶色がかっていて、瞳は満月に似て丸く、この世の卑しい部分を見たことがないかのように澄んでいる。そして、片山を見るなり、赤みのある頬を綻ばせながら、こんにちは、とあどけない声で云った。半ズボンのポケットからはみ出ている戦隊もののキーホルダーが似合う、今どきの子供である。孫の存在は知っていたし、この子が大田の血を継ぐものなのだということはすぐに判ったが、子供らしい無垢な微笑と普段見ている陋劣《ろうれつ》な顔が繋がっていることが俄かには信じられなかった。

だが、大田が片山に見せたことのない晴れやかな笑みを浮かべながら健人を抱きしめているのを見ると、やはり祖父と孫なのだという気がしてくる。片山が大田の下で働き出して半年以上が経っていたが、その瞬間だけが他人や世界を蔑視して仙台の不動産王になった男が見せた人間らしい部分だった。だからこそ、大田も愛孫の誕生日にとっておきのプレゼントを用意したのだろう。

もう一つの理由は金だ。大田はどうやらキンクレイスを百本限定ボトルとして国内向けに発売するつもりらしかった。小さな樽ならば百本程度が限界だろうから、それは片山も納得した。だが、問題は金額だった。大田は百万円という強気な値段をつけたのである。

「キンクレイス、カスクストレングス、シングルカスク、そして、俺と健人の記念ボトル。百万円でも安いと思わんか？」

カスクストレングスとはボトリングするときに加水せず、アルコール度数の調整をしないものを指す。またシングルカスクとは一つの樽だけからボトリングしたものだ。カスクストレングスでなおかつシングルカスクというのは、なかなか出回らないので貴重である。

「百万円程度なら買うだろう、片山？」

大田の前では片山はウイスキーに無知だということになっている。ハンドルを握る手はしっかりとしていたが、その金額を云われたときは一瞬だけ頭が真っ白になり、曖昧に頷くことしかできなかった。

そもそも、片山は無駄にプレミアがついているものが好きになれない。元々、酒というものはたくさんの人に飲まれてこそ成り立つ文化ではないのか。無駄にプレミアがついては大田のような強欲な人間の道具と化してしまう。片山はそれが許せなかった。

現に大田は孫の誕生日のためにキンクレイスの樽を買ったと吹聴して回っているが、実際のところ、半分は嘘だろう。一本百万円のボトルを百本発売したとしても、単純計算で一億円になる。大田は酒の販売免許を持っていないので、S屋という酒店を通して売ることになるからいくらかは金を払わなければならない。ラベルやボトルや箱の経費もかかる。樽を仕入れた値段も計算に入れなければならない。ただ、それらを差し引いても、数千万円の利益が出るだろう。孫の誕生日祝いにウイスキーを販売した、という美談の裏にはそんな計算が働いているに違いなかった。

狡賢《ずるがしこ》いという単語は大田のためにあるのかもしれないな、と片山は思いながらも、口には出せなかった。私利私欲のためにキンクレイスが犠牲になるのは忍びなかったが、どうすることもできなかった。雇い主と運転手という立場や、G社やS屋を動かした大田の権力と人脈の広さ、そして数千万円から一億円という金額——その総てが、何も持っていない片山には抵抗しようのない一つの現実だった。キンクレイスを愛している男の感傷だけではそれを救うことはできないのである。

百万円を用意して一本でも大田の手から救ってやりたいと思ったが、片山にはそんな貯金がなかったし、借りるだけの親しい友人もいなかった。親を頼ろうにも、画家を目指すと云って飛び出したきり連絡を取っていない。とても百万円を貸してくれるとは思えない。

何とかしたいと思っているうちに、大田は着々とキンクレイス販売の準備を進めていった。G社とS屋の担当者と頻繁に連絡を取り合い、八月の中旬にはラベルや箱のデザインが決定し、敢えて大々的な発表をせず、予約者なども募らず、S屋を訪ねてくる客のみが買えるようにするという計画も確定した。

「これがラベルのデザインだ。どうだ、ウイスキーを飲まないキミもほしくなったろう？」

例年よりも暑い夏が空を焦がしていた八月の午後である。繁華街に連なる窓に、太陽がいくつもの光に散って煌めいていた。ブラインドの隙間から忍び込んだ真夏の陽射が社長室のテーブルを斜めに切っていて、その上に置かれた紙を白く炙《あぶ》っている。それが本物の炎で、この企画そのものを燃やしてくれればいい、と片山は思ったが、ラベルをプリントした紙は何度瞬きしても消えなかった。

肝心のラベルはマグマのような色をしており、中央付近に金色の文字で『ＫＩＮＣＬＡＩＴＨ』と綴られていて、一番下に40という数字が銀色に輝いている。そして、その両者の間には自慢げに青いアルファベットが、『ｆｏｒ　Ｇ・Ｏ&Ｋ・Ｏ』と流れていた。大田剛と大田健人のためにボトリングされた四十年もののキンクレイスだということがぱっと見て判る。

しかし、最も片山が吐き気を催したのは、ラベルの上につけられる予定になっている文様を見た瞬間だった。大田の家紋である、三つの黒い錨《いかり》が克明に描かれていたのである。

踏み躙《にじ》られるとはまさにこのことだった。キンクレイスというウイスキーを、大田は自分と孫のイニシャル、そして家紋を入れて完全に自分のものにしたのである。片山は自分の中で大切にしてきたキンクレイスへの思い出や記憶の中の味わいまでもが、大田の手によって穢された気がした。

片山は怒りを必死で抑えながら、いいデザインですね、と絞り出すように云ってその場を切り抜けたが、何としてもこの企みを阻止しなければいけないと思った。だが、片山にはその手段はなく、時間だけが虚しく流れてあっという間に八月最後の日、つまり件《くだん》のキンクレイスが発売される前日になった。

しかし、神様は片山のキンクレイスへの思いを見殺しにはしなかった。まるで片山の願望を天が聞き入れてくれたかのように、事件はその日の朝に起こったのである――。

たった二日で終息してしまう誘拐事件の発端は、平塚の困った顔に始まる。午前九時ちょうどに大田の家へ行くと、門の前で平塚が眉根を寄せ、唸りながらうろうろしていた。

「どうかしましたか？」

問いかけると、平塚はますます眉を顰め、話していいかどうか判らないという顔をしたが、

「あなただから云うけどね、これは秘密よ？」

そう前置きし、片山が頷くのを待ってから、

「実はね、健人さんがいないの」

えっ、と反応した声が思いの外、大きくなり、平塚が片山をじっと睨んだ。

片山は声を潜めて、

「どういうことですか？」

「わたしが五時半にここに来て、朝食の支度をして、六時半にお二人を起こしに行ったの。でも、健人さんの部屋には誰もいなくて……」

「社長の部屋で一緒に寝ていたわけではないんですか？」

「わたしもそう思ったんだけどねえ。どうやら違うみたいなのよ」

健人はまだ小学三年生である。夜遊びをするには幼すぎる。

「それで、社長は？」

「今、学校や健人さんのお友達の家や、警察の知り合いに連絡を入れているところよ。とりあえず、あなたも中へ入ってくれる？」

平塚によって通されたリビングは、赤ワイン色の絨毯が敷き詰められ、鹿や鷲の剥製が鋭い眼光を虚空に突き刺していた。煌めきを垂らしたシャンデリアに似た照明がぶら下がっており、朝だというのに夜の晩餐会に招かれたような錯覚を片山は覚えた。

いつもは玄関先までの送り迎えだけなので、中に入るのは初めてだった。想像はしていたが、あまりにも絵に描いたような金持ちの部屋だったので、片山は心の中で苦笑した。

しかし、その苦笑はすぐに収めざるを得なかった。大田が広い額に汗を浮かべながら、固定電話を握り締めていたからだ。部下を怒鳴り散らすときも、ちょっとした自分のミスを悔やむときも、いつもはどこか余裕が感じられるのだが、今日だけは違う。声が上擦っているし、珍しく貧乏ゆすりをしている。相当心に余裕がないことが判った。

大田が電話を切ったタイミングで片山が挨拶をすると、

「早速だが、ここに載っている家に電話をして、健人が行っていないか訊いてくれ。俺は警察の知り合いに掛け合ってみる」

健人が立ち寄りそうな家をリストアップしてあるらしい。しかし、冷静に考えれば、平日の午前九時に知り合いの家に遊びに行っている可能性は低い。大田自身もそれを理解しているのだろうが、万に一つの可能性に賭けて片山に頼んでいるようだった。

仕事なので、大田から渡された携帯で片っ端から電話をかけて、健人のことを訊ねた。しかし、予想通り、返ってくる答えは、知りませんね、という無情な一言だった。健人には罪はないのだが、大田自身の悪評がそこら中に広まっているのか、どの声も冷淡だった。

リストにあった番号総てに電話をかけ終わった頃、玄関のチャイムの鳴る音がした。平塚よりも大田が先に反応し、太った体を揺すりながら、駆けるようにして玄関へと向かう。

遅れて片山たちが向かうと、そこには青い作業着を着た男たちが立っていた。しかし、誰の作業着にも汚れが付着していない。まるで全員が示し合わせて新品の作業着を着てきたかのようである。

　何かおかしい、と片山が首を傾げていると、先頭にいた男が懐からパスケースのような二つ折りの手帳を出した。どうやら、大田が呼びつけた刑事たちらしい。健人が誘拐され、この家が犯人たちに監視されている可能性を考えて服装を変えてきたのだろう。

「岡田《おかだ》の部下だな？」

　大田が手帳を見せた男に問いかけた。岡田というのが大田の知り合いらしい。

　男は無表情のまま、はい、と云い、大田に部下たちを家に上がらせていいか訊いた。大田は無言で頷き、リビングへと案内した。

　ドラマか映画を間近で見ているようで、目の前で起きていることが現実だとは思えなかった。しかし、何も云えずに佇んでいる片山を置き去りにして、警察官たちは固定電話に機械を装着したり、室内に盗聴器の類がないか調べたり、自分たちがこの家に入るときに誰にも見られなかったかを家のまわりを張っている警察官に確認したり、周囲にこちらの動きを探る不審者がいないかを探らせているのは紛れもない現実だった。それらの事実は健人が誘拐事件に巻き込まれた可能性が高いことを証明していた。

　大田と平塚の証言を基にして、今回の事件を時系列にまとめるとこのようになる。

　三十日、午後七時半に大田家は夕飯を終え、八時半に平塚が帰宅。このとき、健人がいつものように見送ってくれたという。平塚は健人のパジャマ姿を見ている。その後、大田は書斎で仕事の書類に目を通していたが、二階の健人の部屋からはゲームの音が流れていて、時折、歓声が聞こえてきたらしい。

十時になり、そろそろ寝るようにと云いに、大田が健人の部屋に行く。健人は祖父の云う通りに、歯磨きをし、そのままベッドに入った。それを見届けた大田は再び書斎に籠り、仕事を続けた。

零時になり、柱時計の音が控え目に誰もいない廊下を流れたとき、大田はまだ起きていた。そろそろ寝ようかと思ったが、何やら嫌な予感がしたので、健人の部屋に行った。しかし、健人はもう夢の中で、すやすやと安らかな寝息を立てていたという。

零時少し過ぎに大田も就寝。大田の睡眠を妨害するような物音は一つもなかった。

翌、三十一日。朝五時半に平塚が出勤した。玄関の鍵は閉まっており、合鍵で開けた。六時半になり、朝食の準備を整えた平塚は、まず、大田の部屋へ向かった。虫の報せだったのだろうか、大田は熟睡できなかったようで平塚が部屋を訪れたときには既に起床しており、パジャマからワイシャツに着替えていた。二人は一緒に健人の部屋に足を向けた。

しかし、そこで二人を待ち受けていたのは、空になったベッドだった。

トイレに行っているのではないか、と二人は思ったらしいが、そこにはいなかった。もちろん、大田の部屋にも姿はない。ただし、健人には寝惚ける癖があったし、狭いところに入って秘密基地ごっこをするのが好きだったので、二人は家中を捜した。

二人が慌て始めたのは、七時半頃である。家のどこを捜しても健人は見当たらないし、庭にもいない。おかしい、と思った大田は家を飛び出し、近隣の家々を訪ねたり、公園などを回った。平塚も改めて家の隅々を捜した。

だが、それらは総て徒労に終わる。そして、二人が脳裏にはっきりと、誘拐、という不吉な二文字を思い浮かべた頃、片山が到着したというわけである。

警察の調べによると、健人が通っている小学校付近でもその姿を誰も見ていないらしい。つまり、昨夜の十二時から今朝の六時半までの間に健人は忽然《こつぜん》と姿を消してしまったのだ。

「玄関の鍵は閉まっていたんですよね？」

香取《かとり》と名乗る、先刻手帳を見せたリーダーらしき刑事が、大田と平塚に問いかける。歳は三十代後半といったところだろうか。殺《そ》げた頬、清潔そうな短い髪、少しの余剰もなく引き締まった体、噛みつくような異様な光を帯びた瞳、それらは香取が優秀な刑事であることを手帳以上に証明していた。

香取の鋭い眼差しを受けながら、

「玄関の鍵は閉まってはいたが、健人の部屋の窓は開いていた。健人はクーラーの風が苦手でな。夏はいつも窓を開けて寝ているんだ」

大田はそう答えた。香取は納得がいったように何度も頷く。

香取は、家中の鍵が閉まっていたならば外部から侵入して健人を連れ去ることはできないのではないか、二人のどちらかが犯人なのではないか、と暗に云ったのだが、部屋の窓が開いていたとするなら話は変わってくる。健人の部屋は二階だが、よじ登れないことはない。周囲は閑静な住宅街なので、健人を黙らせてしまえば、真夜中が闇で包んでしまい、異変に気づく人はいないだろう。

「健人くんの部屋の位置を知っていた人は?」

再び香取が大田たちに訊ねる。片山は即座に首を振り、平塚がおずおずと手を挙げた。

大田は手を挙げず、苛立ったような口調で、

「当たり前だが、俺も知っていた。それ以外で知っているのは……そうだな、健人の母親と前に俺の運転手をしてた上島だな」

そこまで云ったあと、突然、声を荒らげて、

「そうだ! 上島だ! 上島なら部屋の場所も知っているし、健人も懐いていたから簡単に誘拐できる。あいつだ。犯人はあいつだ!」

香取に摑みかかるような勢いで捲《まく》し立てる。しかし、香取はあくまでも冷静に、上島がどういう人間なのか大田に問い質《ただ》した。

大田が事情を話すと、香取は部下に上島が今どこにいて何をしているか調べるように指示を送った。大田は上島をクビにした理由を暈かしながら話したが、香取は刑事独特の嗅覚で動機があると睨んだらしい。

香取は健人の母親の行方も調べるように指示を出して、片山たちに椅子に座るように促した。外から見えないとはいえ、大人数人が立ちっぱなしなのは不自然だ。

香取の指揮は正確で迅速だったし、部下たちも精鋭揃いの印象を受けた。現に一時間後には、健人の母親の居所と上島が現在どこで働いているかを摑んだ。

「健人くんのお母さんは現在、実家のある北海道の根室《ねむろ》にいるそうです。昨夜から今朝にかけてのアリバイも確認しました」

「じゃあ、上島はどうなんだ？　あのクズは」

大田が上島と云うたびに、片山は初めて出会った日のことを思い出していた。あの日も大田は上島の名を何度も呟いていた。上島が大田の下で働いていたときには、だいぶきつく当たっていたということが判る。健人を誘拐して大田に復讐をしようとしたのかもしれない、と片山も思い始めた。

しかし、香取は断定することを避け、平静を保ったままの声で、

「上島は郡山《こおりやま》の飲食店で働いているようです。ただ、一週間ほど遅いお盆休みをもらっているようで、今はどこにいるか判りません」

聞いた大田は鬼の首を獲ったように、

「やっぱり上島だ。あいつが健人を誘拐したんだ。早く指名手配しろ！」

吐き棄てるように香取に云った。さすがにこれには香取も苦笑いを浮かべ、

「そう簡単にはいきません。尤も、上島の足取りは調べさせますがね」

香取はテーブルの上で手を組みながら、あくまでも冷静に云った。今は誘拐が頻発するような時代ではないから、慣れているというわけではないのだろうが、香取の仕草一つ一つには余裕が感じられる。

片山はそれが少し不思議だったが、香取の次の言葉で納得がいった。

「もしも誘拐事件ならば、犯人側から何かしらの要求があるはずです。そのときが犯人を捕らえる最初のチャンスです」

香取は宣言するように云って、犯人側から電話があったときの対処の方法を大田に伝えた。大田は、上島を逮捕すれば総てが終わる、上島を捕まえろなどと不満を漏らしながらも、助言をしっかりと聞いているようだった。

事件が思わぬ形で動いたのは、あまりにも静寂が続き、照明が翳るほどの暗い沈黙が室内に張りつめた十一時半頃だった。無音の中で、大田の太い眉だけが毛虫のようにぴくぴくと小刻みに動いていた。

膜を張っていた静けさが、バイクの音と駆けるような足音、そしてカタッ、という小さな音によって破られた。普通に生活していたならば誰も気にも留めないであろう小さな変化を、リビングにいる全員が感じ取った。

音がしたのは玄関の方だった。音からして、何らかの投函物があったと思われる。

平塚が立ち上がり、玄関に向かおうとすると、香取がそれを制し、

「大田さんに行ってもらいましょう。部下がこの家を見張ってますから、犯人は見ていないでしょうが、ご本人が取りに行った方がいい。何らかの重要な手紙かもしれません」

大田は頷き、一人、リビングを出て行った。

戻って来た大田の手には一通の茶封筒が握られていた。どこにでも売っている長方形の茶封筒である。しかし、手紙だけにしては厚みがある。しかも、表の大田の居所の郵便番号と住所と名前はスタンプのようなもので印字されていて筆跡が判らないし、裏には差し出し人の名前も住所も記されていなかった。

大田がテーブルに置くと、香取は承諾を得てから、白い手袋をして、丁寧に鋏で開封した。皆の視線が一点に注がれる。

中には一通の手紙が入っているようだった。香取はそれを見た瞬間に、顔の表情を石膏のように固くして、

「大田さん。我々の悪い予感が的中しました」

手紙をテーブルの上に広げた。そこには、新聞や雑誌を切りぬいた文字が並んでいた。

『あんたの孫を誘拐した。無事に返してほしかったら、あんたが保管しているキンクレイスを全部頂きたい。九月一日までにあんたの別荘に運び入れろ。そうすれば孫は返してやる。もちろん、警察には通報するな』

一同が息を呑んだとき、香取が封筒の中からもう一つのものを取り出した。

それは片山が見たことのある、戦隊もののキーホルダーだった。よく見てみると、正義の味方のレッドの背中に、『三ねん、三くみ　おおだけんと』と拙い文字が這っている。

健人が持っていたものに間違いなかった。

数十秒、沈黙が降りた。全員が状況を再認識するのにそれだけの時間が必要だった。

やがて、香取が口を開いて、こう訊ねた。

「キンクレイスというのは何です？　宝石か何かの名前ですか？」

ウイスキーに明るくない人間からすると当然の反応である。大田はキンクレイスの希少性とその樽を丸ごと買ったことを告げると、香取は少し驚いたように目を大きくさせたが、すぐに元に戻し、

「ふむ。その百本を別荘まで持ってこい、ということですね。その別荘というのは？」

「ここからバスで四十分くらい山形県の方に行ったところにある別荘だ。別荘といっても、コンテナみたいな小屋だがな」

「どうしてそんなものを購入したんです？」

「健人は秘密基地ごっこをするのが好きでな。安く出ていたのを見つけたから、買ってやったんだ。周囲は森だし、あれくらいの年頃の子供はそういう場所を好むからな」

「でも、バスで四十分もするところだと健人くんはなかなか行けなかったでしょう？」

大田は昨日までの健人を思い出しているのか、目を瞑《つむ》りながら首を振り、苦しげな声で、

「複雑な経路だったら無理だが、小屋があるのはバス停のすぐ近くで、ここからなら一本だ。たまに友達を連れて遊びに行っていたらしい。尤も、中の詳しい構造は知らん」

それを聞いた香取はすぐに部下にその場所を探らせるように命じた。そして、大田に、

「そのウイスキーは今、どこにあるんです？　明日までがタイムリミットだとすると、時間はあまりありませんよ？」

「今はS屋の管理している倉庫にあるはずだ。明日一番に仙台に到着することになっている」

続けて、大田は喘ぐように、

「キンクレイスを……よりにもよってキンクレイスを狙ってくるか……」

マトモな人間ならばウイスキーと引き換えに孫が返ってくるなら安いものだと思うだろうが、大田は違う。健人の命とキンクレイスでは、後者が重すぎて釣り合わないと思っているのではないか、とさえ片山は思った。

大田の逡巡を見た香取は、

「そのウイスキーがどれほど希少価値のあるものか判りませんが、お孫さんの命がかかっていることをお忘れなく。もちろん、我々はお孫さんの安全を確保しつつ、ウイスキーも守るつもりですが」

「別の安ウイスキーを百本用意して小屋に運び入れるというのはどうだ？」

キンクレイスが捨てがたいのか、大田は孫の命がかかっているとは思えない云い方をした。健人の生命よりもキンクレイスの方が大事だ、とでも云いたげだ。

さすがに香取も呆れ果てたのか、

「犯人の目を誤魔化すということですか？　危険な賭けですね、大田さん。冷静に考えてください。ウイスキーはまた買えばいいじゃないですか。でも、お孫さんの命は代替が利かないんですよ？」

自然と非難するような声になった。香取の気持ちは判る。大田ほどの金持ちならば、キンクレイス百本を失っても痛くはない。ただし、ウイスキーで厄介なのは、同じ蒸溜所のものだからといって味が同じだとは限らない点である。オフィシャルで出ているものならば味が同じように調整されているが、今回のように他の樽と混ぜることなくボトリングする場合、この世に二つとない希少価値の高いボトルとなる。つまり、キンクレイスという珍しい銘柄に加え、大田が最も拘る『希少性』が備わっているのである。さらに云えば、世界で百本しかないウイスキーだからプレミアがつくことは必至だ。その貴重なボトルを失うことは大田にとって孫を喪失することと同義なのだろう。

無礼を承知した上で、片山が口を挟んだ。

「社長。刑事さんの云う通りです。ここは犯人の要求を呑むべきでは？」

「うるさい。キミは黙っていてくれ」

そう片山を一喝すると、

「ちょっと時間をくれ。考えさせてもらう」

ふらついた足取りで二階の自室に引っ込んでしまった。大田の胴欲さに対して残された片山たちの口からは溜息しか出てこなかった。

平塚が作ったおにぎりを片山たちが食べ終わったとき、大田がリビングに戻ってきた。夕方になるまで考え込むかと思っていたのだが、孫の命とキンクレイスを天秤にかける時間は意外にもたった一時間十五分だけだった。

しかし、その短い間に大田は十くらい歳を取り、一気に老け込んだように見える。大田がこんなに憔悴するのは珍しい。

大田は香取に視線を向け、掠れた声で、

「香取くん。先刻、健人とキンクレイス、両方を守ると云ったね？」

「もちろんです。それがベストの選択ですからね。ベストを尽くすのが刑事の役目です」

きりっとした声で云ったあとで、

「当然ながら、犯人も捕まえますよ。それが我々の仕事ですから」

鞭打つような力の籠った声が、そのまま香取の自信を片山たちに伝えてくる。大田は香取や警察というよりも、その声を信頼したように一つ頷き、

「キンクレイスを用意する。俺と片山で小屋に運び入れる。それでいいんだろう?」

そう云った声には、入手したばかりのキンクレイスを手放す悔しさが滲んでいる。しかし、それを聞いて片山はほっとした。金と欲望だけに忠実に生きてきた男にも、孫を救ってやりたいと思う程度の良心はあったのだ。そのことに片山は安堵していた。

香取は腰を上げ、部下たちに指示を送った。そして、大田から小屋の住所を聞くと、無線機で捜査本部に連絡を入れた。警官を小屋に配備するらしい。犯人は何らかの方法でキンクレイスを取りに来なければならない。その瞬間こそが犯人を捕らえる最大のチャンスだと香取は思っているらしかった。

——約七時間後の午後七時四十分、ワンボックスタイプの一台のライトバンが国道四十八号線を西へと向けて走っていた。後部座席にはウイスキーのトール瓶が六本入る段ボールが十七箱、積まれている。それぞれの中にはS屋から届いたばかりのキンクレイスが入っていて、微かな道の凹凸を感知して、かたかたと音を立てていた。

どのあたりを走っているのか、運転している片山には判らなかった。四十八号線は仙台市内にも通っているのだが、山形との県境が近づくにつれて人家や店が少なくなり、窓の外はただ夜が黒い濁流となって押し流れているだけである。判るのは、自分が健人の命の綱を握っているということだった。片山と一緒に運ぶと大田が云った通り、助手に指名されたのである。

突然大役を任されて不安だったが、部下たちが小屋に先に着いて張り込んでいるから大丈夫です、という香取の言葉を信じてハンドルを握る覚悟をした。

助手席には表情を硬直させた大田が乗っていた。膝の上には大きな黒革のバッグがある。中には神札やお守りが大量に入っているようで、大田のような人間でも最後に縋るのは神仏なのだな、と片山は妙に感慨深く思った。

時折すれ違う対向車のライトが大田の顔を白色でなぞり、目の下の隈を疲労の跡として浮かび上がらせた。四十八号線をずっと西だ、と云ったあとずっと守り続けている沈黙の長さも大田の疲れを端的に示していた。

ニッカが所有する宮城峡《みやぎきよう》蒸溜所を過ぎ、その目の前にある、ニッカ橋、というバス停留所を過ぎたとき、大田がようやく口を開いた。

「そこを右だ。小さな道があるだろう？」

スピードを落として闇に視線を走らせると、確かに樹々の間に小道がある。右に曲がり、タイヤが砂利を噛んだとき、小屋のようなものが建っているのが見えた。ライトを浴びせると、コンテナを二つほど繋ぎ合わせたような、赤いトタン屋根をした粗末な小屋がぽつり、と佇んでいる。木立に半ば埋もれて、長い歳月、山の風に晒されたような古い家屋だった。

「そこだ。そこが健人の遊び場だ」

大田の云う通り、小屋と云うのが一番正しかった。しかし、小学生が秘密基地ごっこをするには最適の建物かもしれない。

車を小屋の前に停めると、それまで鳴いていた秋虫の音が唐突に途切れた。虫の音が絶え、森の翳が一層深まり、夜の静寂に包まれている。配置されている刑事たちが目を光らせているはずなのだが、闇に潜んだように建っている小屋の周辺には誰の気配もなく、片山には廃屋のように荒れ果てて見えた。

腕時計に目を落とすと八時前だった。日付が変わるまでには余裕があるものの、早めにキンクレイスを小屋に運び込むべきだろう。

鍵を持った大田がドアを開けると、埃がふわりと浮き上がり、北側の窓から入り込んだ月光が冷たそうなコンクリートの床を濡らした。大田が明かりを点けると、木製のテーブルや赤いペンキの塗られた椅子、健人が食べ残したお菓子などがはっきりとした輪郭を持って片山の視界に飛び込んできた。金属製のオモチャやぬいぐるみが転がっているのが子供の秘密基地っぽかった。

「ウイスキーはどこに置けばいいんでしょう？　テーブルをどかしましょうか？」

奥には健人の遊び道具が入っているのか、段ボールが山積みになっていて、あまりスペースはない。犯人がどうやって大田が要求を呑んだことを確認するか判らないが、百本のキンクレイスを判りやすい場所に置くとすれば、テーブルを壁に立てかけ、その空いたスペースを利用するのが一番だと思った。

大田は、そうだな、と云い、片山にテーブルの片付けを指示して、自分は車に向かった。

大田が車からキンクレイスを出し、片山がそれを小屋へと運ぶことになった。ここに来る前、S屋から運ばれてきた百本のキンクレイスを見たが、壮観と云うに相応しい光景で、天国のようだった。例のラベルは悪趣味としか云いようがないが、中身が片山の愛するキンクレイスだと思うと、眩暈《めまい》がしそうだった。

ただ、今は地獄だ。愛するキンクレイスを顔も知らない犯人に渡さなければいけないのだ。それに加担していると思うと、別の意味で眩暈を覚えたが、片山には拒否権はない。

キンクレイスの重みはそのまま健人の命の重さである。ウイスキーのボトルはそう簡単に割れるものではないが、自然と片山の足取りが慎重なものになった。車から小屋までは十数メートルだし、中に置いて再び大田のところに戻ってくるまでは二分程度である。しかし、片山にはその時間がもっと長く感じられた。

「これが最後だ」

大田が段ボールを片山に渡す。最後の段ボールは四本しか入っていないので軽いはずなのだが、この頃になるとさすがに手が痺れていて、重いのか軽いのか判らなくなっていた。

健人の命が自分の手にかかっているという緊張感が片山を疲れさせている。

最後の段ボールを運び入れると、大田も小屋の方に来た。そして、中に入っているキンクレイスたちを思ってか、名残惜しげに段ボールを眺めて、大きく溜息を吐いた。子供の秘密基地からウイスキーの倉庫へと変貌した小屋には異様な雰囲気が漂っている。ウイスキーの語源はラテン語の『命の水』に由来するが、まさしく百本のキンクレイスは健人の命そのものとなって輝きを放っていたし、同時に身代金代わりになったせいで不吉な頽廃が澱んでいるようだった。その両方を大田は老人らしい濁った目で見ていた。

やはり百本のキンクレイスに未練があるのか、大田は五分ほどじっと小屋を占拠している段ボールに視線を注いでいたが、秋の夜らしい風が闇を切り、周囲の樹々を揺らしたとき、太った体が動いて出口へと向かった。

片山が急いで先に車に行き、エンジンをかけ、ドアを開ける。大田は座席に腰を下ろすと、祈るようにして例のバッグを握り締め、片山に車を出すように云った。

二人が大田の家に到着したのは九時を少し回ったころだった。車庫に車を停めてリビングに行くと、中心にいた香取が、お疲れ様でした、と声をかけてきた。犯人から何か連絡はあったか、と訊こうとしたが、片山よりも先に大田が同じことを問いかけた。

香取は首を横に振り、

「残念ながら、まだ。ただ、別荘には優秀な刑事たちが張り込んでいますし、こちらの態勢も問題ありません。犯人が指定した時刻までには何らかの動きがあるはずです。そして、それがお孫さんを救う糸口になるでしょう」

確信に満ちた声で云った。大田も、それを信じるしかないな、と云いながら頷いて、疲れ切ったように体を椅子の背凭れに預けた。

錘《おもり》のような重苦しい時間が流れた。刑事たちはきびきびと動いているし、小屋を見張っている部下からの連絡が香取に入るたびにリビングに緊張が走るのだが、何の進展もないまま時間は刻一刻と十二時へと向かって走っていく。そのまま監視を続けろ、という香取の声や、上島の足取りはいまだに摑めません、という報告、健人くんの行方は未だ不明です、といった声がリビングの脈拍となり、静かな鼓動となっている。

事件が動いたのは約束の時間の十分前だった。そろそろ動きがあるだろうと皆が思っていた頃、香取の手許の無線機に連絡が入った。

香取が無線機を手にすると、片山たちにも聞こえるような大きな声が流れてきた。

「大変です！　別荘が……別荘が爆発しました！　消防車をお願いします！」

片山の脳裏に、複数の疑問符が浮かんだ。

爆発？　どうして？　キンクレイスたちは？　健人は？　そして、犯人は？

それは大田や平塚も同じらしい。二人とも立ち上がり、色を喪《うしな》った顔をして香取に視線を送っている。

香取は自分に視線が集まっていることが判っているのだろう、ぎり、と奥歯を嚙んだだけで焦燥を抑えた。そして、無線に向かって、敢えてキャスターのような感情のない声で、

「別荘に入ることはできないのか？」

「無理です！　火の回りが早くて……あっという間に焼け落ちそうです！」

香取は無線を切り、大田に顔を向けた。

「お聞きの通りです。別荘は犯人によって爆破されました」

「爆破だと？　どういうことだ？」

大田が食ってかかる。爆破されたとなれば、キンクレイスたちも粉々だろう。その怒りが含まれているような気がした。

「これはわたしの推察ですが、別荘には予め、犯人が爆薬を仕掛けていたと思われます。中にそれらしきものはありませんでしたか？」

「そういえば、奥には段ボールがありました」

片山が答えると香取は、なるほど、と云い、

「それが爆薬だったのかもしれませんね。犯人は約束の時間の直前に別荘が爆発するように時限爆弾を仕掛けていたんです」

「ちょっと待て。すると、犯人は最初からキンクレイスを爆破するつもりだったのか？」

信じられないという声で大田が云う。

「ええ。健人くんの誘拐ではなく、それが犯人の最大の目的だったのかもしれません」

「狂ってる……犯人は頭がいかれている……」

大田が咽喉を絞り、呻くように呟く。

香取はそれを神妙な顔で聞きながらも、目は次の段階を捉えていた。

「大田さん。犯人に心当たりは？」

「俺に恨みを持っている馬鹿は多いからな。こういうことを考えるやつはいるかもしれん」

キンクレイスを樽ごと買ったということは大田に近しい人間ならば知っている。大田の自慢話を聞いて、狙いをつけ、鬱憤をキンクレイスにぶつけたとしても不思議ではない。

片山がそう思ったとき、大田が火にでも触れたように突然大声を出した。

「上島だ！　上島しかおらん。上島は爆発物を取り扱える免許を持っていたはずだ」

「本当ですか？」

さすがに香取も強い興味を示した。

「本当だとも。やっぱり上島だ。あいつが俺からキンクレイスを奪ったんだ」

香取が無線でその情報を流し、上島の行方を捜すことに全力を注ぐように指示を出した。

最初からキンクレイスを消滅させるのが目的だとするならば、やはり大田に深い恨みを持っている人間だということになる。しかも、大田がコレクターだということを知っていなければならない。そうなると上島が容疑者の筆頭に挙がるのは理解できる。

香取にもう一度上島を捜すように念を押すと、大田の関心は別のところに移った。

「キンクレイスは諦める。もちろん、キミたち刑事の失態は上に報告させてもらうがね。問題は健人の行方だ。健人はどうなった？」

一歩、香取の方に詰め寄って大田が問い質す。香取は表情を変えないまま、

「目下、全力で捜索中です」

定型文を云った。大田は額の血管を微動させ、苛立ちを抑えるのに必死のようだった。

事件に動きが出たことで、一気に慌ただしくなった。香取と部下は各所に連絡を取り、三十分後には鎮火し焼け落ちた小屋の現場検証が始まった。現場はまだ煙と水蒸気が霧のように漂っており、爆発の余韻が微かな火薬の匂いで残っていたが、香取の命令により、通常よりも早く検証を始めたのである。

その結果、驚くべきことが判った。

焼け落ちた小屋を調べていた刑事たちが、一箇所だけ大きく陥没している場所を見つけたのである。小屋には地下室があったらしく、床が爆発の影響で崩落したようだった。

刑事たちは慎重な足取りで瓦礫を避けながらそこへ行くと、灰色のコンクリートの破片が崩れ落ちており、大災害の跡のような悲惨さがあった。だが、本当の悲劇はもっと他にあった。ある刑事が瓦礫の隙間から、一筋の血が流れていることを発見したのである。

発見した刑事は反射的に脳裏に最悪の光景を思い浮かべたのだが、それはそのまま陰鬱な現実へと具現化した。仲間と一緒に瓦礫を排除すると、下から、子供らしき死体が出て

きたのである。小さな体は瓦礫の下敷きになり、無残にも押し潰されていた。顔が判らないほど損傷は酷かったが、身に着けていたパジャマの名前タグに、おおだ、という文字が入っていたので健人だと判明した。

さすがにこの報が入ったときには香取も左目を瞑り、しまった、という顔をした。無線機に対しては今までと同じ声で、そのまま現場検証を続けろ、と云ったが、それを切り、大田の方に体を向けると、

「大変申し上げにくいことですが……」

歯切れの悪い切り出し方をした。だが、大田は爆発の報せを聞いたあとは遅い夕飯を食べていたため、健人が命を落としたことには気づかなかったようだ。

「どうした？　健人が発見されたのか？」

云われた通りにキンクレイスを差し出したのだから、健人は無事に帰ってきたんだろうな、という風な呑気な云い方をした。しかし、それは金だけがモノを云う、いわば大田が生きてきた世界でのルールであり、誘拐事件には通用しない。そして、金で何でも何とかなると思っている人たちは、それで何とかならない事態に陥ったとき、驚くくらい何にもできなくなるということを片山は知った。

香取は沈痛な面持ちで頭を深々と下げながら、健人の命が散ったことを詫びた。爆発は犯人が引き起こしたものだし、地下室の上の床が陥没したのも香取たち警察の責任ではな

い。しかし、やはり人質が死んでしまったのは自分たちの責任だと感じているようだった。

「まさか……そんな馬鹿なことがあるか……そんな馬鹿なことが……」

ひらひらと舞う枯葉のように弱々しく大田の体が絨毯の上に崩れ落ちた。こんな非情な現実は受け入れられないというように瞳には光がなく、口許は健人を喪った悲しみで冷たそうに固まっている。こんなにも衰弱した大田を見るのは初めてだった。

「犯人は必ず逮捕致します。健人くんの命を奪った犯人を我々の手で——」

「黙ってくれ。今は……一人にしてくれ……」

大田は左右に揺れながら、覚束ない足取りでリビングを去ろうとした。だが、ドアに体をぶつけて、その場に腰を落としてしまった。

「社長。大丈夫ですか？」

片山と平塚が駆け寄ると、大田はうわ言のように、

「健人は死んでおらん……健人はどこかで生きている……そうだ……間違いない……俺が間違ったことなんて今まで一度もない……」

頬には一筋の涙が光っていた。その小さな光が健人の短い生涯が閉じられたことと一つの誘拐事件が終わったこと、そして、犯人捜しが本格化することを片山に報せていた。

※

片山が長い話を終えると、夜の帳《とばり》が下りていた。外は暗く、道の向こうの国分町のネオンの瞬きだけがそこに街が広がっていることを想像させる。秋の日は釣瓶落としと云うが、話を始めたときには空の端で輝いていた太陽がすっかり沈み切り、一時間少しの間に仙台市全体を暗闇の死角に変えてしまった。

「あの事件にキンクレイスがそんな風に関わっていたとは、存じ上げませんでした」

安藤が感想を口にして、チェイサーを注ぐ。

「上島は事件後、すぐに身柄を拘束されました。奥会津《おくあいづ》の温泉宿にいたみたいですね」

「上島さんは自供なさったのですか？」

「いえ、本人は何も知らないと云っていたようです。一応、アリバイはあるそうです。それにしても――」

と片山はチェイサーを一口飲んだあと、

「百本のキンクレイスが粉々ですよ。いや、健人くんが亡くなったことが一番ショックですけど、キンクレイスも……」

言葉尻を濁した。さすがに人の命とウイスキーを同等に見るのは非道すぎる。

あの大田でさえも孫の落命は衝撃的だったのか、あれきり公の場に姿を見せていない。片山の元に連絡がまったくないということはずっと家に籠っているのだろう。

自分のところに大田から連絡が来るのはいつのことになるのだろうか、と思いながらキンクレイスの最後の一滴を飲み、

「上島にアリバイがあるとなると、あの事件は一体、誰が何のためにやったんでしょうね。大田に恨みを持っている人間は山ほどいますけど、キンクレイスを狙った理由がよく判らないんです。それを知りたいなあ」

独り言のように呟くと、それまで自分から事件のことを訊こうとしていなかった安藤が、

「差し出がましいようですが、お手伝いいたしましょうか？」

「え？　安藤さん、もしかして誰が犯人で、どうしてこんなことをしたのか、判ったんですか？」

片山の視線がぐいっと持ち上がり、急速に安藤に捩じ曲げられた。片山はまっすぐ安藤を見た。だが、安藤はその直球のような視線をやんわりとした微笑で受け止め、

「はい。片山さんが詳しくお話ししてくださいましたから」

「それなら……それなら是非とも聞かせてください」

「承知いたしました。実は既にわたしの方で用意しておりました」

言葉とは裏腹に大田のような不遜な態度ではない。いや、その逆で、本当に事件の真相

を知っているのか、と疑いたくなるような丁寧な口ぶりである。だが、何故か、片山は大田とは正反対の安藤の温和な口調を信じることができた。

　空気を入れ替えるために窓を開けた。秋らしい涼風が国分町のネオンの明かりを店内に流し込んできて、一瞬だけ『シェリー』が夜の雰囲気を孕んで艶やかさを帯びた気がした。しかし、繁華街の喧噪が収まると、『シェリー』は再び淡いジャズの音色のヴェールを被り、元の静けさに戻った。

　三十秒ほど空気の入れ替えを行うと安藤は窓を閉め、すっと目を片山に向けた。

「上島さんにはアリバイがある、ということは犯人ではないと考えてもよいかと存じます」

「簡単に上島を信じてもいいんですかね？」

「もしも、上島さんが今回の犯罪を計画したとすると、かなり慌ただしく計画を立てなければなりません。爆発物の取り扱いができるとのことでしたが、短時間に準備してそれを成功させるには時間が足りなすぎると存じます」

「そう云われてみると確かに。いえ、この前刑事さんと会ったんですけど、どうやら安藤さんと同じことを考えているようでした」

　改めて片山は安藤の頭の回転の速さに驚いていた。頻繁にリリースされるウイスキーの味をよく憶えられるなあ、と思っていたし、一度来た客の顔は総て記憶しているらしいから頭が切れることは判っていたつもりだったが、片山の想像を超えていた。

ただ、安藤がそういったことをひけらかさないからか、まったくそういう印象はなかったし、今も謎を解いているというよりは、昔話でもするかのようで、片山は妙な安堵の中にいた。

「片山さんのお話を伺っていて、わたしが疑問に思ったことがいくつかございます。一つは、犯人はどうして連絡手段に手紙を使ったのでしょうか。これだけ携帯電話が普及しているのですから、それかそれに類似するものを使うのが普通かと思います」

「それもそうですね……電話の記録から足がつくからですかね？」

「片山さん、鋭いですね。今の携帯電話のほとんどにはGPS機能がついていますから、犯人からの着信さえあれば、どこでそれが使われたか発覚してしまいます。しかし、よくよく考えてみると、手紙もそれなりに危険かとわたしは思っております」

「というと？」

「指紋や筆跡が判らないようにするための工夫が必要です。それが警察にはヒントになる危険性がございます」

云われてみると、その通りだ。確かに携帯電話や固定電話で連絡をするのはリスクがあるかもしれない。しかし、それと同じくらい手紙も危険である。どうしてそのような手段を犯人がとったのか、片山は首を傾げた。

安藤は片山が頭の中を整理する時間を空けたあと、

「もう一つ、わたしがおかしいな、と思った点を申し上げます」

「ええ、お聞きしたいです」

「手紙が大田家に届いたあと、犯人から連絡がなかったのは何故でしょうか？　犯人の立場に立ったとき、誘拐で一番難しいのが身代金の引き渡しだと思います。それならば、頻繁に連絡して、場所や時間を変えて、警察や片山さんたちを攪乱させそうなものです」

云われてみると、フィクションと違って実際の誘拐事件は地味だな、と片山は思った。警察、もしくは被害者と犯人の攻防がもっとあると思っていたからだ。それがなかったので、今回の事件はあまり誘拐事件らしくない。

安藤の指摘に頷いていると、

「最後にもう一つ、気になったことがございます。それはどうして犯人はキンクレイスを爆破したのか、ということです。もしも、上島さんが犯人で、大田さんの所有するキンクレイスをこの世から消滅させようとしたといたします。上島さんは先ほど申し上げました通り、犯人ではないと思いますが、そうだと仮定としたとき、おかしな点に気づかれると思います。おかしな、というよりは、どうしてこんなことをする必要があったのだろう、とお思いになるはずです」

ウイスキーの注文を待つときのように、朗らかな表情で安藤は片山の返事を待っている。

急かされるよりもこちらの方がほっとできて、安心感が潤滑油になったのか、片山の脳はすぐに一つの考えに辿り着いた。

「上島が大田に復讐しようとしてキンクレイスを爆破させるだけなら、誘拐なんていう危険なこと、するはずないですよね。キンクレイスが保管されている場所に忍び込んで、瓶を割る方が断然楽ですね」

「仰る通りだとわたしも思いました。この三つを掛け合わせると、一つしか答えは出てきません」

「まさか――」

ぞっとした片山の背中を、ビーズのような小さな汗の雫が滑った。

「そうです。わたしは大田さんが総てを仕組んだのだと考えております」

「社長が？」

片山の声が狼狽《ろうばい》混じりのものになった。もしかしたらという気持ちはあったが、実際に云われると衝撃は大きい。大田が犯人だとすれば、狂言誘拐だということになる。だが、あの吝嗇《けち》な大田がキンクレイスを処分するような真似をするだろうか、ましてや唯一愛情を注いでいた孫の命を奪うだろうか。

安藤は片山の心を読んだように、ゆっくりとした口調で説明を続けた。

「大田さんが犯人だとすれば非常にこの事件はすっきりしたものになるんです。連絡手段を手紙にしたのは、片山さんたちがいて電話をする機会がなかったからです。その点、手紙ならば、事前に用意しておいて、前日にでもポストに投函すればいいですから問題ありません。仙台市内なら翌日には届きますしね。そして、事件の当夜、眠っている健人さんを小屋まで連れていき、地下室に閉じ込めた。もしかしたら、強めの睡眠薬を飲ませたかもしれませんね。大田さんには、かかりつけの病院がありましたよね？　最近眠れないんだ、と云って一時的にその病院から睡眠薬をもらっていたのかもしれません」

そうか、と心の中で片山が首肯していると、さらに安藤は続けて、

「犯人から連絡がなかったのも、大田さんはずっとリビングにいて動けなかったからです」

「安藤さんの説明は筋が通っていると思います。でも、腑に落ちないことがあるんです。健人くんを地下室に閉じ込め、さらにキンクレイスを爆破したのは何故なんです？　社長はそんなことをする必要がないと思うんですが」

途中で口を挟むのは無礼だったかもしれない、と片山は思ったが、安藤はまったく気にする素振りを見せず、

「片山さんは大田さんのことをコレクターだと仰いました。お話を伺っていると大田さんは重度のコレクターのようですから、常識では考えられないことを計画したのではないでしょうか」

「想像もできないようなこと、ですか？」

「はい。コレクターの極みとでも云えばいいのでしょうか。簡単に云ってしまえば、大田さんはこの世に一つしかないものを作ろうとしたのではないでしょうか」

「この世に一つしかないもの？　それは確かに社長が一番ほしがるものですね。しかし、それなら、キンクレイスの樽という、まさしくこの世に一つしかないものを手に入れたと思うんですが……」

するとと、安藤は少しの狂いもない時計の針のように淡々と、

「樽を手に入れただけではただの独占に過ぎません。実際に販売されたボトルの中で、希少度の高いものを所持しているからこそ、コレクターの欲望は満たされるのではないでしょうか。だから、大田さんは限定百本で一般発売することにした。ただ、これも今にして思えば少々、おかしなことですね。本当にキンクレイスを自分だけのものにしたいのならば、発売などしなければいいわけです。けれども、大田さんは販売することにいたしました。理由は一つしかありません。この世に百本出たという事実と、それを自分が持っているという現実がほしかったのです」

そう云われた瞬間、片山の脳裏に嫌悪感のする想像が浮かんだ。

「まさか、社長は、さらに希少価値を高めるために、誘拐事件を起こし、さらにはキンクレイスを爆破に巻き込んだんですか？」

「その通りでございます。わたしも片山さんとまったく同じ結論です」

「し、しかし、百本はもうこの世にないんです。一度所有していたということはウイスキー好きの間で広まるかもしれませんが、それだけです」

安藤は蠟燭の炎が消える瞬間に似た寂しげな表情をして、

「モノにこの世で最高の価値を与える最も有効な方法がございます。残忍で冷酷で卑劣な方法ですが……」

「何です、それは？」

先を促すように片山が訊くと、さらに安藤は瞳を翳らせて、

「他のものをこの世から消滅させることでございます。この場合ですと、百本のキンクレイスのうち、九十九本を破壊することが最も希少性が高まると存じます。そうすれば、残った一本は紛れもないレアものになります。コレクターにとってこれ以上の一本はありません」

片山は絶句したが、何とか言葉を紡いだ。

「でも……社長のところにはキンクレイスは残っていないはずです」

「片山さんがキンクレイスを小屋に運び入れたとき、大田さんは一本だけ、抜き取っていたのです。そして、それを例の黒革のバッグに入れたのだと思います。神仏に頼ろうとしていない大田さんが神札やお守りなんて持ち歩くとは思えませんし、いくらお孫さんの命

がかかっているとはいえ、非常に不自然だとわたしは思いました。ですから、あの黒革のバッグにはキンクレイスが入っていたのです」

小屋に発つ前は警察がキンクレイスを数えていたから誤魔化しようがない。しかし、段ボールを小屋へと運び入れるときは別だ。重さで片山に気づかれる心配はあるが、最後の一箱ならば元々軽いので一本くらい抜いても発覚しないだろう。それに、重いものを短時間で運んだせいで片山の手は疲れていて多少の重みの違いなど、判るはずもない。

さらに帰り道、片山は大田が大事そうにバッグを握り締めていたのを思い出した。あれは健人の無事を祈っていたわけではない。手の中にあるキンクレイスを守っていたのだ。

しかし、最後に一つ、大きな疑問が残った。どうして、健人の命まで奪ったのか。誘拐事件をでっちあげ、九十九本のキンクレイスを爆破するだけでは駄目だったのか。

片山がそう云うと、安藤は目の下に哀切の皺を刻み、

「それだけが大田さんの誤算でした。大田さんはさすがに健人さんの命を奪うことまでは考えていなかったはずです。爆発のあった小屋の地下室からお孫さんが奇跡的に見つかった、そして、百本あったキンクレイスは一本を残してこの世から消えてしまったという物語だけが世間に流布されて伝説になる。それで幕を閉じるはずだったのです。ですが、思わぬ落とし穴がございました。小屋の構造が爆発に堪えられなかったのです。結果、小屋の床が崩落して健人さんの命を奪ったのだと思います」

「でも、憶測の域を出ていませんよ。確固たる証拠なんて一つもないんですから」

大田を擁護するつもりはなかったが、口が自然とそんな言葉を発していた。だが、安藤はそれについても既に答えを用意していて、

「証拠はございます。大田さんのご自宅のウイスキーコレクションを覗いて頂くとすぐに判ると思います。この世には存在しないはずの例のキンクレイスがあるはずですから。それが何よりの証拠かと存じます」

声には、健人の命と砕け散ったキンクレイスに対する悲しさや寂しさが混じっていた上に説得力があった。そこまで云われては片山は口を噤《つぐ》むしかない。

孫の命と引き換えに手に入れた、世界でたった一本しかないキンクレイスを大田はどのように鑑賞するのだろうか。いつものように専用の部屋に並べて、舐め回すように眺めて笑うのだろうか。それを想像して片山は吐き気を催した。そんな下らない欲望のために犠牲になった健人の魂と、九十九本のキンクレイスが哀れとしか云いようがなかった。

「余談になりますが、もう一つ差し出がましいことを申し上げてもよいでしょうか？」

「ええ。ここまで来たらとことん、聞かせてください」

返事を聞いた安藤はウイスキーの並んでいる棚の引き出しから一枚の紙を出すと、すっと片山の前に置いた。

「これはキンクレイス蒸溜所のあったグラスゴーの市章でございます」

一本の樹が中央にあり、その両側に大きな魚があしらわれている。そして、上部には中央に聖人らしき人物が銀色の兜ようなものの上に描かれていた。片山の目を惹いたのはその兜の両側から生えている赤い羽である。

「赤い羽が描かれているのがご覧頂けるかと思います。片山さんはお話の中で赤に縁があると仰っていましたが、ここでもまたその色が登場してしまいました」

「俺は……本当に赤に呪われているんですね」

「ご気分を害されたら申し訳ありません」

深々と安藤が頭を下げた。上品な墨を滑らせたような髪が揺れた。

「いえ、気にしないでください。お願いしたのはこっちですから。それにしても、嫌な事件だったな。もう大田には会いたくないです」

「お気持ちは痛いほど判ります。いくらキンクレイスを愛しているからといっても、命と天秤にかけていいものなんてこの世にはありませんから」

安藤の云う通りだった。大田が困憊《こんぱい》しているのは知っているが、世界で一本だけになったキンクレイスを見続けるうちに徐々に孫の死は遠ざかっていくのだろうな、という気がした。アクシデントとはいえ、大田の欲望のために犠牲になった健人が浮かばれない。

不快さを拭い去ろうと、片山はもう一杯、キンクレイスを飲むことにした。いつもは一杯だけだが、今日は片山がもう一杯注文すると確信していたのだろう、安藤は既にボトルとグラスを用意していた。

グラスを手にした片山は、

「安藤さんの名推理に」

「いえ、これはわたしの勝手なお願いで恐縮ですが、亡くなった健人さんの魂に捧げてくださいませ」

「そうか、そうですね」

安藤が音量を調整したわけではないのに、店内のジャズが自己主張を控え、『シェリー』を健人の魂の安息を祈る通夜の席へと変えた。

片山も安藤も何も喋らなかった。一時間ほど前まで飲んでいたものと同じはずなのだが、微かにスモーキーさが強く感じられた。キンクレイスが片山に合わせ、哀傷《あいしょう》を隠し味にして感情を揺さぶった気がした。

飲み干し、代金を払うときになってやっと片山の口が動いた。

「大田のところは辞めようかな、と思っています。キンクレイスがそう云ってくれたような気がして」

「それがよいかと思います。片山さんの大好きなウイスキーの囁《ささや》きですから、間違いないと存じます。それに、今度は赤い色が味方をしてくれるかもしれません」

お釣りを渡しながら安藤が少年のようににっこりと笑った。もう夜だが、明るい笑みが闇を払ってくれたようで片山はほっとした。

「どうぞお気をつけて。またのお越しをお待ちしております」

安藤の見送りの言葉を背中に受けて、片山は階段を下りた。

闇が深まった分、ネオンが煌めき、国分町が幻のように美しく夜に甦った。どこからか聞こえてくる物悲しい鈴虫の音が晩秋とこれから訪れる冬を予感させ、それがネオンの燈をさらに儚げに、綺麗に見せていた。一つ一つの輝きは砕け散って行ったキンクレイスたちの命のようにも見えたし、健人の魂のようだった。そして、頭上で点滅している飛行機の赤いライトは自分を励ましてくれているように感じられた。

何故、
利きマッカランの会で
悲劇は起きたのか？

取っ手が付いたグラスに熱湯を注ぎます（グラスが冷えているとウイスキーと割湯を注いだ際に温度が下がってしまうため、熱めに温めておく必要がある。この時、急激に熱湯を注ぐとグラスが割れる場合があるので、3回に分けてゆっくりと注ぐ）。割湯が用意出来たら（ウイスキーが香り立つ90度がベスト）、温めていたグラスの熱湯を捨て、水気をふき取ります。グラスにウイスキーを注ぎ、グラスの中でウイスキーを廻しながら、ライターで着火して3秒程余分なアルコールを飛ばし、割湯を注いで出来上がりです。

## ホット・ベル

**材料**

ベルズ スコッチウイスキー35ml
割湯110ml
熱湯200ml

**一言POINT**

グレーンのもたらす香ばしい甘さと癖のないクリーンなブレンディッドタイプのウイスキーが扱いやすいのでベルズ スコッチウイスキーを使用しています。

「お待たせいたしました。こちら、ホット・ベルでございます」

前田《まえだ》の前に、湯気の立った耐熱グラスが置かれた。いつものカクテルグラスと違って厚いガラスで出来ており、ハートの半分のように曲げられた銀色の取っ手がついている。グラスの口から立ち昇る湯気は、厳冬の街を行く人々の吐息とよく似ていた。

冬至から一ヶ月が経ち、陽は目で感じ取れるほどに長くなっているのだが、それでも午後四時過ぎともなると、薄暮がカラスの声を包み込み、そうかと思うとあっという間に夜の始まりが白い結晶となって舞い降りてくる。前田は他に客がいないときはいつも窓際の席を選ぶが、光のページェントも終わったこの時期、窓から見える景色には寂しいものがある。雪と枯葉を綯《な》い交ぜにしながら流れる灰色の風は、仙台の名物の一つであるケヤキ並木を光も色もない陰画に変えていた。音を聞くだけでも痛みを覚える北国の風は、吹き抜けるたびに市街を廃墟にして、荒寥《こうりょう》を広げていくように見える。

だからこそ、この時期に飲む、ホット・ベルは体に染みる。前田は安藤に、頂きます、と目で伝えて、熱いグラスに口をつけた。

ふっ、と軽い煙っぽさと樽の匂いが鼻に流れ込んできて、ナッツのような甘さが舌を刺激する。ストレートや水割りだとややアルコールっぽさが強い気がするが、お湯割りにするとそれがなくなり格段に飲みやすくなる。恐らくそれは、グラスにベルを注ぎ、縁を舐めるように回したあとに首の長いガスライターで鬼火に似た青白い炎を立て、ある程度のアルコールを飛ばしてからお湯を注いでいるからそうなるのだろう。こういった単純なカクテルにこそ、バーテンダーの腕と心遣いが見て取れる。

日本では水割りやお湯割りをカクテルと呼ばない傾向にあるが、それは厳密に云えば間違えている。カクテルが、酒と何か、もしくは、酒と酒を混ぜたものの総称である以上、水割りもお湯割りも立派なカクテルである。と云っても、前田も二十代の頃はホット・ベルはカクテルではないと思い込んでいた。こんな単純なものをカクテルと呼ぶのは、いくつもの飲み物を混ぜ、バーテンダーが必死にシェイカーを振って作るものに対して失礼だと思っていたのである。しかし、『シェリー』に通うようになって十年ほど経ち、三十五になった今となってはこれがカクテルだとはっきりと断言できるようになった。むしろ、バーテンダーの腕が最も試されるカクテルだ。

「これを飲むと温まりますね。先刻まで寒かったですけど、あっという間に温まりました」

心から前田が云うと、安藤は微笑でそれを受け止め、

「それはよかったです。今日も寒いですからね」

「スコットランドも寒そうですね」

ベルの白いラベルには、鬚を蓄え、ジレとジャケットを着こなした老人が描かれている。ベルはいくつかのシングルモルトをブレンドしたブレンデッド・ウイスキーだが、この老人はこのブレンド比率を発明したアーサー・ベルらしい。

安藤は闇の紗を下ろし始めた夜をちらりと見ながら、

「スコットランドは仙台よりも寒いそうですからね。きっと前田さんのようにホット・ベルを飲んでいると思いますよ。向こうでは皆さん、冬になるとホット・ベルをお飲みになるようですから」

スコッチの本場であるスコットランドに住んでいる人々と一緒にされるとむず痒くなり、ホット・ベルで濡れた薄い唇の端に笑みを結んだ。冬になると必ず一杯目はホット・ベルと決めている前田がこのカクテルを愛しているのは間違いない。しかし、同時に、価格が安いというのも理由の一つである。だから、単純には喜べないのだった。

ベルは一本あたり千円少しで買える安価なものである。当然ながら、ホット・ベルも他のカクテルに比べて安い。それだから何の資格もない図書館員という安月給の前田でも存分に楽しむことができるのだった。

だが、なかなかホット・ベルを出す店は少ない。ホット・ウイスキーはサントリーやニッカの公式ホームページで作り方や逸話が紹介されているので認知度は上がったが、知らない人が多いためかホット・ベルはメニュー表に載せないバーがほとんどである。それに、あったとしても、フランベをしてまで丁寧に作るバーは見かけないし、価格がぐっと上がる気がする。その点、『シェリー』はホット・ベルという冬にぴったりの美味しいものを手頃な価格で出してくれる。それが本当にありがたかった。

安藤は安いものだからといって手抜きはしないし、それを注文する客にも悪い顔は決してしない。砂場で遊ぶ少年のような澄んだ瞳を見せることもあれば、老成したウイスキー評論家に似た顔をするときもある安藤の年齢は、前田のような若輩には見抜けないが、相手が年下であろうとその逆であろうと、また、どんな地位の人間だろうと垣根なく接してくれる。バーという場と、そこにやってくる客を心底愛している証拠だろう。バーテンダーという独特な職業だが、前田はホット・ベルと同様に安藤の人間味に温かさを感じていた。

ホット・ベルを半分くらいまでゆっくりと飲んでいると、自宅から歩いてきたときに朔風に攫《さら》われた体温が戻ってきた。ほっ、として余裕が出てきた前田の視線が自然と陳列されているウイスキーたちに移る。安藤が白い布で瓶を磨いているのだが、しなやかなその指を眺めていると、ボトルたちが小さな生物となって飼い主の愛撫を受けながら安らいで眠っているように見えた。

安藤の手つきにホット・ベルと同じ温もりを感じていた前田の目が、ふと、マッカラン十二年という文字を拾った。マッカランは数え切れない種類のボトルを出しているが、前田の視界に入ってきたのは、シェリー樽で寝かせたシェリーオークシリーズの一品だった。

「マッカランはやっぱり注文が多いんですか？」

「そうですね。マッカランはやはり人気ですから。この十二年、そしてお隣の十八年は非常によく出ます」

安藤はボトルを拭くのを止めて、二本のボトルを前田の手許に出してくれた。どちらも、白地のラベルで、黒色で、MACALLAN、と描かれている。ウイスキーを飲んだことのない人でもその名前を知っているほどの知名度と、通を唸らせる評価の高さを誇るマッカランは、しばしば、ウイスキー界のロールス・ロイスと比喩されるほどで、スペイサイド地方を代表する酒である。また、自らマッカラン党を名乗るファンもいるし、逆に揶揄する意味でその言葉が使われることもある。熱狂的なファンとそのアンチを生み出し続けているマッカランは、信仰に似ていると前田は思っていた。『シェリー』ではさすがに見たことはないが、酔ったマッカラン好きとアンチ・マッカランの客が諍《いさか》いをし始めたという話も聞いたことがある。

ウイスキーを飲まない人間からすると馬鹿馬鹿しいだけだろうし、前田もそう思う。しかし、それほどまでにマッカランは人を惹きつけるのも確かだった。十二年は蜂蜜のような香りにドライフルーツに似た味わいがあり、文句なく美味い。十八年はドライフルーツのような強い香りと熟した果実の味わいがあり、こちらも飲み応えがある。しかし、前田は十八年の隣の黒い台座に堂々と鎮座しているマッカラン二十五年は飲んだことがなかった。

一度、思い切って飲もうとしたのだが、ボトルの裏の値段を見て、躊躇してしまった。値段に臆したのが表情に出たのか、すかさず安藤が冗談めいた声で、これは少々お値段が張りますので何かの記念のときに飲むといいかもしれません、と云ってくれたのが救いだった。そういった心遣いもありがたい。

「安藤さんが飲んだ中で一番美味しいと、いや、珍しいと思ったマッカランは何ですか？」

「美味しい、ではなく、珍しい、ですか？」

「はい。珍しい、です」

安藤は白い布を畳んでから引き出しに仕舞い、微笑のまま眉間に細く皺を寄せた。清潔感のある白いワイシャツとバーテンダーらしい黒い蝶ネクタイが店内の淡い光を織り込んで、安藤の精悍な顔立ちを浮かび上がらせている。あまりない問いかけに、安藤は表情を変えぬまま左手を顎にあて、足許に目を落として考え込んだ。

同じ夜の職業でもホストのように着飾ってはいないのだが、バー独特の薄い光の細筆が眉や鼻筋や目許をなぞりながら不思議な微笑を描き込んでいる。唐突な前田の質問に考え込んでいるのは確かだろうが、それでも客に不快感を与えない深みのある表情はバーテンダーそのものだった。

一分ほど経っただろうか。始まり出した夜が灰色の風の手を使って窓を揺すった。かた、という微かな音が前田以外に客のいない『シェリー』に響いたとき、安藤はやっと思いついたように、視線を上げた。

「一九六四というものを飲んだことがございます」

「一九六四年に蒸留されたもの、ですか？」

「はい。それを二〇〇〇年代になって瓶詰したものです」

数字には弱い前田は二〇〇〇から一九六四を引くのに三秒を要した。

「少なくとも、三十六年は経っていることになりますよね？」

「その通りでございます。どうやら二〇〇一年あたりに瓶詰したもののようでして、三十七年物とのことでした」

青いキャップとラベルが印象的な、いわゆるマッカラン三十年でさえも、五十万以上する大変高価なものだ。国内でも海外でも偽物が多く出回っており、見分ける専門サイトもあるくらいである。それを超える三十七年となると、二十五年も飲んだことのない前田にとっては未知のものすぎて味の想像はまったくできない。頭の中では肝心の味や香りではなく、札束が魔力を持って吹雪のように舞っていた。

「美味しかったですか?」

自分でも気づかぬうちに、素朴で間抜けな疑問が声になっていた。それでも安藤は笑みを絶やさず、

「実はあまり美味しくなかったですね。香りはフルーティーで口当たりはクリーミーでよかったのですが、熟し切れなかったフルーツのような苦さと辛さがありました。多分、マッカランだと云われなければそれだと判らなかったはずです。そこまでマッカランらしくなかったのを憶えております」

「多くのウイスキーのピークは十三年から十九年くらいで、長くても三十年くらいって云われていますよね? その通りの結果だった、というわけですか?」

長熟になればなるほど希少価値は上がるが、必ずしも味には結びつかないということを前田のような若輩でも知っていた。そして、四十年を超えたマッカランを飲んだ、という人のブログを読んだことがあるが、『味はもうほとんどなく、いい香りだけだった』という一文を前田は思い出していた。

「仰る通りです。いくつかの例外はあるでしょうが、美味しさからしても価格帯からしても長く熟成すればよい、というものではないと思われます」

「そうですよね。高いものとなると際限ないですもんね。一四年でしたっけ、マッカランが数千万円で落札されたのは」

「はい。『ザ・マッカラン・インペリアル M』というものが香港のサザビーズで六二万八二〇五ドルで落札されました」

次に前田はその金額を頭の中で日本円に直し始めた。今度は紙幣ではなく数字が前田の瞼の裏で、砂嵐のように蠢いた。

三十秒ほどして数字はきびきびと動き出して日本円で整列したが、あまりにも前田の想像を超えていたので自信が持てず、自然と小さな声になった。

「……大体、六千五百万円くらい、ですか？」

「その通りです。しかし、これは通常のボトルよりも大きなデキャンタサイズ、六リットルです。ただ、通常のサイズのウイスキーの最高値も一八年に更新されました」

「え？」

「マッカラン六十年が一一〇万ドルで落札されました」

三度《みたび》、前田の脳が回転を始めて、ドルを日本円に直そうとした。〇を二つくらい足せばいいだけの簡単な計算なのだが、弾き出した数字の巨額さに心が怯んで、なかなか声が出せなかった。

すると、安藤が、

「約一億千三百八十万円ですね。それだけで家が建ってしまいますね」

頬を綻ばせながら云い、

「世界で四十本しかないボトルですし、落札されたものはその中でも特別なラベルだったようで、ビートルズの『サージェント・ペパーズ・ロンリー・ハーツ・クラブ・バンド』のアルバムのカバーを手掛けたデザイナーによるものだそうです」

ビートルズのそのアルバムは前田も知っている。各ジャンルの偉人たちが何列にも並んでジャケットを印象深いものにしていたからだ。歌手から宗教者、サッカー選手までいたような記憶があった。内容の濃さもさることながら、そのロックンロール史上に残る名盤のジャケットをデザインした人間がウイスキーのラベルを描いたのだから、値段が跳ね上がったのも頷ける。誇称でも何でもなく、それは真の美術品だ。

「驚くことにそれもまたすぐに更新されます。今度は同じマッカラン六十年が一本、約一億二千五百万円で落札されました。そして、それも瞬く間に更新されてしまいます。アイルランド人の画家マイケル・ディロン氏がラベルを手掛けたものが、一二〇万ポンド、約一億七千四百万円で落札されました。マッカランは天井知らずですね」

前田はマッカランへのこだわりと途方もない金額に唖然としながら、

「買った人は飲む……んですかね？」

「どうでしょうか？　十年後にはまたウイスキー不況になっているかもしれませんが、今のところはブームですからね。しばらく時間を置いて、購入金額以上で売却する、ということもあり得るかもしれません。飲まれないウイスキーにとっては不幸なことですが……」

同じくらいの時期に山崎五十年が出品され、三千万円以上で落札されている。元々の値段が百万円だったということもあるが、それでも狂った価格である。山崎は世界中にファンがいるので、多くの人はオークションには出さず、自分あるいは家族や知人と味わっているだろうが、それがウイスキーとしても、蒸溜所としても本望のはずだ。金が使われなければただの紙と金属でしかないように、歴史と職人技と叡智の産物であるウイスキーも飲まなければ酒ではない。それはただの金だ。しかも、虚飾を施したような濁った金である。

安藤も前田と同じように思っているのか、瞳に曇った翳りを浮かべた。マネーゲームの対象となり、飲まれないまま数々の人の手に渡っていくウイスキーのことを憐れんでいるように見える。

黙禱を捧げるような一分が過ぎた。外は粉雪が闇を下敷きにして霧のように煙って流れ、冬に枯れた仙台は他の季節とは別の美しさを見せているが、前田の目は誰も歩いていない裏路地だけを虚しく流離《さすら》った。一分の静寂の間に、前田は寂しい風景を眺めながら、じっくりと一人で味を楽しむものでも、仲間と喋りながら飲むものでもなくなり、ただの金儲けの道具と化したいくつかのウイスキーを思い浮かべていた。そしてその中に、一月三日に飲んだ、とあるウイスキーと、それに纏わる事件が不意に浮かんできた。

「安藤さん。利きウイスキーってしたことありますか？」

利き酒ならばポピュラーなものだが、利きウイスキーは珍しい。だから、安藤といえど知らないという返答が来ると前田は思っていたのだが、

「ございます。いわゆるブラインドテイスティングと云われているものですね。ボトルやラベルを見ずに、中身を当てる、という」

「それ以上の利きウイスキー、となるとどうですか？」

これにはさすがに返事に窮すると思っていたのだが、安藤はさらり、と、

「ございます。色が判らないよう、漆黒のグラスで行うものですね？」

「さすがです。その通りです」

前田は驚きながら視線を安藤へと上げ、同じ声色で、

「そこまでやったことがあるなんて、さすがです」

心から安藤の底の深さに敬意を払った。バーテンダー、いや、ウイスキーの味を管理するメーカーのブレンダーでさえも、黒いグラスで利きウイスキーをやったことはないかもしれない。

テイスティング専用のグラスというものがある。世界一のウイスキーライター、故マイケル・ジャクソンがプロデュースした蓋つきのグラスや、ドイツのクリスタルガラス会社、ツヴィーゼルが作った口許の部分を極限まで薄くしたものあたりは有名なところだろう。

しかし、それらはあくまでもテイスティングのためのグラスであり、透明である。ウイスキーは味や香りだけでなく、色も評価の対象になるので当然のことだ。

だが、利きウイスキーを行うとき、その透明さが邪魔になってしまう。時として、ウイスキーの色合いは味や香り以上に、自分の正体を曝け出す。例えば、熟成年数の長いものは、濃い紅茶色や暗い琥珀色と表現されることが多いし、短いものは薄い黄色やクリアーな蜂蜜色と云われることが一般的だろう。前田もそういう感想を安藤に告げることが多い。つまり、色が観察できるだけで、そのウイスキーが何年くらい寝かせたものなのか、見当がつく場合があるのである。

また、アメリカ産のオーク材を使った樽ならば黄色がかった褐色になりやすく、ヨーロッパ産ならば赤みが強い色合いになるとも云われているようだ。ウイスキーの色からは熟成年数だけでなく、樽の種類も推理できるのである。

その真っ黒なグラスは一般的に販売されていないことが多いため、特注しなければいけないものだが、銘柄などを伏せたテイスティングでは香りや味と並んで色が決め手の一つとなるので、透明なグラスで行われるのが世界的な常識である。だが、本気で利きウイスキーをやるときは黒いグラスは必須のアイテムだろう。特に、前田が一月三日に体験した、マッカランだけに絞った利きウイスキーの催しでは。

「黒いグラスをご存じとは、前田さんこそ、さすがですね」

和紙のような皮膚に皺を寄せて安藤が微笑した。前田は笑みと含羞と翳が綾織りになった目で安藤に応える。特殊なテイスティンググラスについて話す機会はほとんどないからこうして判る人と話すのは楽しかったし、プロに褒められて嬉しい気持ちもあったが、それ以上にあのときの不思議な出来事とその後の惨劇が前田の脳裏に甦ってきて、無神経に笑うことはできなかった。

その微かな違和感を安藤の瞳が掬い上げ、

「利きウイスキーのイベントにでも参加されたんですか？」

そう訊いてきた。隠し立てすることではないし、人が命を落としたとはいえ犯人は捕まっているし、報道もされているので話しても何の問題もない。ただ、何故、殺人、という悲劇が起きたのかという謎を前田は咀嚼《そしゃく》し切れていなかったので、答えに躊躇した。

しかし、冷え始めたホット・ベルの最後の一口を咽喉に流し込んだとき、前田はあの出来事のあらましを話す気になっていた。ホット・ベルの最後の一滴との優しい口づけは、キスというよりは一瞬の柔らかい風に似ていて、触れた瞬間は温もりがあったのだが、次のときにはもう遠ざかり、代わりに前田に言葉を用意させている。

「ちょっと不思議な利きウイスキーに参加してきたんです」

「不思議、というと？」

「マッカランだけの利きウイスキーだったんです」

「それは面白い利きウイスキーですね。マッカランはたくさんの種類を出していますから、利きウイスキーがあってもおかしくはないですね」

納得したように安藤は頷き、自分の後ろに並んでいるマッカランのボトルに視線を捩じった。前田の目も自然と再びマッカランたちへと向いた。

マッカランを象徴する華やかで豊かな味わいがよく出ているのが、シェリーオークシリーズであり、十二年、十八年、二十五年、そして三十年がサントリーから発売されている。また、アメリカ産のオーク材を使ったシェリー樽とヨーロッパ産のそれ、そしてバーボン樽の三つをバッティングしたファインオークシリーズも、十年、十二年、二十五年、三十年が同じくサントリーから出ていた。このあたりは実際に飲んだことがなくても、今でもバーに行けばよく目にするボトルだ。

「当店に置いてあるマッカランだけでも、黒いグラスで利きウイスキーとなると当てるのは難しいですね。わたしでも無理かと思います」

「安藤さんなら当てられそうですけどね」

お世辞でも何でもなく本音を口にしたあと、前田は、でも、と続けた。前田が一月三日に飲んだマッカランはそのどれとも違っていたのである。

「マッカランだけの利きウイスキーだったんですけど、四つの中から当てなければいけない、その肝心の一本が特殊だったんです」

「特殊、というとどういったものだったのでしょう？」

安藤も興味ありげに次の言葉を柔らかに促す。

「一八六一――十九世紀のマッカランを当てないといけなかったんです」

前田が発した言葉に、安藤の瞳に驚愕の色が流れた。いつもは山奥の湖の水面のような静かな目をしているのだが、そこに風が疾り、波紋に似たざわめきが浮かんでいる。

「十九世紀のマッカランとは、確かに特殊ですね。本物ならば、世界でも一本あるかないか――」

心なしか、本物ならば、という点に力を込めたように前田には聞こえた。安藤がそう疑い気味になるのも無理はない。二〇一七年に、スイスのホテルのバーが所蔵していたワンショット百十万円する一八七八年のマッカランが、真っ赤な偽物だと判明したのだ。それが世界で最後の十九世紀のマッカランと云われていただけに、そのレベルのものはこの世にない可能性がぐっと高まった。だから、安藤が真贋を疑うのは無理もない。

前田は安藤の指摘に、はい、と答えたあと、

「本物なのか、偽物なのか、参加した人はみんな疑っていました。でも、少なくともボトルとラベルは本物のようでしたし、もう数十年前のものになりますが、海外の有名オークション会社の鑑定書もついていました」

「ということは本物の可能性がありますね」

「ええ。所蔵していたのは、日本一のマッカラン収集家を自称する、保科五郎《ほしなごろう》さんという九十近い方でした」

「その方がマッカランだけの利きウイスキー会の主催者だったわけですね」

「そうです。ルールは明確でした。AからDまでのグラスに注がれたマッカランから、一八六一を当てる、というものです。もしも当てることができたら、保科さんが持っている数百本にも及ぶ貴重なウイスキーのコレクションの総てがもらえる、ということでした」

十九世紀のマッカランほどの逸品はさすがに他になかったが、それでも、前田の勤務先の図書館にあった専門書で見たことのある希少性の高いボトルが有り余るほどあった。恐らく、世界的にウイスキー需要が高まっている今ならば、総てを売れば数億になるだろう。

安藤もそれを承知しているようで、

「ちょっとした遺産相続ですね」

「そうなんです。保科さんは奥さんもお子さんもいませんでした。でも、兄弟はいて、甥や姪は結構いるみたいなんです。けれど、もう何年も会っていないほどに仲が悪かった。だから、そういう人たちにウイスキーを譲りたくなくて、利きウイスキー会を開いた、という経緯《いきさつ》です」

前田はそこまで話して、マッカランのシェリーオークの十二年をハーフで注文した。マッカランの話をしているのだから、やはりそれを飲むというのが筋だろう。

その前田の気持ちを察知していたのか、安藤は素早くボトルを取り、銀色のメジャーカップの小さい方にマッカランを注いだ。なかなか飲まれないボトルだと、アルコールが抜けたり外の空気が入ったりするのを防ぐために、キャップには透明なパラフィルムが巻かれているが、マッカランは違う。やはり出番の多いボトルらしい。

「お待たせしました。マッカラン十二年でございます」

前にマッカランを抱えたグラスが置かれた瞬間、季節に似合わない華やかな香りが前田の鼻を擽った。その香りに誘われるように口をつけると、見えないどこからか一雫の春が前田の体に零れ落ち、咽喉の奥に華を咲かせたように感じた。

その快楽を感じ取るたびに、前田は世の中にマッカラン党が存在している理由を理解する。保科はマッカランに限らず、いろいろな種類のウイスキーを収集していたが、その中でも利きウイスキーのときの十九世紀のマッカランは入手するのにかなり苦労した、と云っていた。世の中には数百万円、数千万円という大枚を叩《はた》いてでも、それをほしがる人がいるのである。

しかし、保科のコレクションを欲しているのは心からウイスキーを愛している人間ばかりではない。投機目的で購入し、それを転がして利益を得ようとする人々が急増している。それはネットでよく目にするようになった『あなたのウイスキーを高く買い取ります』という広告や、貴金属やブランドものばかりを扱ってきた街中の質屋が突然ウイスキーを買い取り始めたことからも判る。そういう人々は金を稼ぐことだけが目的であり、ウイスキーが元来持っている文化や歴史や作り手の想いを札束で蹂躙しているだけだ。保科のコレクションを狙っていた親戚もそういう類の人々だったのだろう。

前田が勤めている図書館にもウイスキーの世界と似たようなところがあり、場所がないのと管理費がかかるという理由で資料的価値のある書籍が処分されるのを見ると、一度失ったら取り戻せない何かがこの国から零れ落ちて行ってしまっている気がする。もちろん、場所の問題と管理のコストは大問題である。蔵書を多くしようと思ったら建築費がかかるし、大量の書籍を管理にするには人件費が必要だ。だから、データ化してタブレットで見られるようにすればいいだろう、という意見も理解できる。だが、今や空き家が目につくようになり、図書館職員になりたい人がたくさんいるというのに毎年若干名しか採用されていない日本の現状は矛盾しているように見える。小さい頃から本が好きで、何とか今の職に就いている前田としては、今後人口減少とともに余っていく土地と一パーセントの富裕層に流れていく金を国が運用し、書物が持っている文化と歴史を守ればいいだけに思えるのだが、そうはならないらしい。ウイスキーにしろ本にしろ、文化と歴史という目に見えない価値よりも、金のような判りやすい価値に比重が置かれる時代のようである。

つい暗い気分になって俯いた前田を労わるように、マッカランの芳醇さが口内に染みてきた。この体験は金では計れないものがある。

——保科さんもそう云ってたな。

親から引き継いだ遺産と大手製薬会社の重役として稼いだ富を持っていた保科だったが、この世には金では買えないものがある、ということを知っていた。莫大なウイスキーの蓄えも、投機目的ではなく、飲むためのものだった。ただ、本人が云っていたことだが、いくら人に振る舞っても飲み切れない量のウイスキーを買っただけである。

そんな保科だからこそ、人生の終焉が見え始めたとき、膨大な量のウイスキーを、本当にそれを愛している人に寄贈したくなったのだろう。だから、あの奇妙な利きウイスキー会を開いたのだ。

闇で覆われた窓ガラスが、あの日と同じように前田の顔と上半身を夜の肖像画に変えた。氾濫した川のような烈しい雪の流れが前田の意識を一月三日へと繋ぎ、自然と安藤に向けて話を始めていた。

「保科さんの家に集まったのは、僕を含めて四人いました。T大学の教授である、今川《いまがわ》さん。K不動産の副社長をしている、折田《おりた》さん。R旅行代理店の支店長の、伊東《いとう》さん——」

「最後のお一人は前田さんですね？」

「はい。保科さんは応接間に僕たちの席を用意してくれていて、そこにAからDまでの小さなラベルがついた黒いグラスが置いてあったんです。そして、保科さんがわざわざその日のために雇った監視員が四人も見守る中、利きウイスキーが始まりました」

「正解か不正解か、というのはどうされたんです？」

「正解だと思ったグラスを持って保科さんの部屋に順番に行き、そこで答え合わせをする、というルールです。しかし、二番目の僕まで順番は回ってきませんでした」

疑問がひらっと舞って貼りついたかのように、安藤の表情が固まった。

前田はそれを確認したあと、目を手許に落としながら、

「保科さんが殺されてしまったんです。最初に向かった伊東さんに、、、、に」

※

「つまらない人たちばっかりだよ」

それが保科の口癖だった。

前田が泉区にある図書館に勤めるようになって十年以上が経つが、いつから保科が閉館日を除いた日の朝十時に来て、同じ席に座って、同じ新聞を読み、同じ時刻に帰るようになったのか、憶えていない。ただ、保科の存在に気づいたとき、前田は話しかけにくそうな人だという印象を抱いたことだけははっきりとしている。常に銀行員のような堅苦しい背広を着込んでいて、自身を俗世から切り離していると前田は思っていた。白髪の豊かさと肩幅の広さが経済的に恵まれた暮らしを想像させ、別の世界の人間なのだと前田は感じ

ていたのである。

しかし、それは思い込みに過ぎなかった。

一年前の二月である。吹雪と呼ぶには静かすぎ、純白と云うには淡すぎるそれは、真冬の風から身を隠すようにして音もなく仙台市のあちこちを這いずり回り、いつの間にか街を包み込んでいた。

今日は妙な天気だな、と思いながらカウンターで作業をしていた前田に、保科が話しかけてきた。

すっ、と館内の機械でプリントアウトした紙を差し出しながら、

「済まないですが、この本がどこにあるか教えてくれませんか？」

丁寧語だった。保科くらいの歳になると、気づかぬうちに年下には乱暴な喋り方になる。乱暴とまでは行かずとも、自分はお前よりも偉いんだぞ、という本音がちょっとした云い回しや仕草に模写される。だが、保科にはそういうものがまったくなかった。もちろん、年配の中にも心のある人はいて、そういう人たちは前田のような若輩に対しても丁寧に接してくれる。本当に偉い人ほど自分を偉く見せないということを前田は知っていた。だが、まさか保科がそういう心ある人間だとは思っていなかったので、前田はまずそのことに驚いた。

戸惑いを微笑で隠しながら、

「この本なら……少々判りにくい場所にあるので、ご案内致しますよ」

同僚にカウンターを任せる合図を送り、席を立った。本来ならば場所だけ教えればいいのだが、保科という人物への興味と紙に書かれていた書名が前田を動かしたのである。

保科が探していた本は、まだ翻訳されていなかった、『モルトウィスキー・コンパニオン』という洋書の最新版だった。この国にウイスキーを広め、世界でも屈指の評論家である土屋守《つちやまもる》氏たちが、ウイスキーへの情熱と愛、そしてその人気が日本でも定着してほしいという願いを込めて翻訳したヴァージョンが、数年遅れとはいえ売られている。ただ、それでさえも、図書館に入れても、なかなか貸し出しされることはない。一年に十回あればいい方だ。

しかし、保科は最新版が翻訳されていないときに、既にその本を読もうとしていたのである。そんな稀有な人間は他に誰もいなかった。前田が上司に掛け合って強引に図書館に入れてもらったのだが、一年経っても誰一人借り手は現れず、居心地が悪い思いをしていたので、保科が救世主のように見えたのも無理はなかった。

洋書が並んでいるコーナーは静けさと寂しさを貼りつかせ、周囲から切り離されたかのような無表情で前田たちを迎えた。ここだけ特別に隔離されているわけではないし、人が多い一般文芸のコーナーから数メートルしか離れていないのだが、無人に慣れた洋書たちは恨めしそうに背表紙で前田を睨んでいる。

真ん中の棚のあたりの一番上に『モルトウィスキー・コンパニオン』があるのを前田は知っていた。背伸びをしてそれを取って渡すと、保科は弛み一つない頬を綻ばせ、すっと背を曲げてお辞儀をした。

「いえいえ、これが仕事ですから」

恐縮して前田が云うと、相変わらず丁寧な口調で、

「丁寧に接してくれてありがとう。助かりました」

と口許に微笑を浮かべ、

「ところで、あなたもウイスキーがお好きなんですか？」

同志を見つけたかのように、縁なし眼鏡の奥に隠れていた瞳が光を宿した。

前田はすぐに頷いて、ウイスキーについて話をしようとしたが、胸についているネームプレートの重荷がそれを制めた。司書の資格を持っていないとはいえ、前田は職員である。いつ首を切られるとも判らない臨時職員を何年も経験し、やっと摑み取った正規職員だ。常連とはいえ、一人とずっと話し込んでいると誰かに咎められる可能性がある。また、嫌なことだが、前田を妬んでいる臨時職員が上司に耳打ちをして、この座から引きずり下ろそうとするかもしれない。お互いに泥の中で足を引っ張り合う、という現代の日本で横行している現象が、本の聖域である図書館でも行われているのだ。それを被害妄想と一蹴できないことは、二度、そういう光景を見てきた前田が一番よく知っていた。

何かを察したのか、保科は、案内してくれてありがとう、と云って立ち去るフリをしてから、すれ違うときに前田のエプロンのポケットに何かを入れた。

あとで見ると名刺だった。肩書きは記されていないが、紙の厚みと質感、そしてセンスよく輝いている薄ピンクのガーネット地が、保科五郎という名前を照らし出し、前田の目に飛び込んできた。

勤務を終え、自宅に帰った前田が早速保科の家に電話をかけると、その日のお礼を丁寧に伝えられた。そして、週末に知人を集めたウイスキーの会をやるんだが来ないか、と誘われたのだった。

初めて保科の家に行った日のことを前田はよく憶えている。ベガルタ仙台のホームスタジアムである、ユアテックスタジアムから東に向かい、ここらへんでは一番の敷地面積と充実した書籍の取り扱いを誇っている八文字屋《はちもんじや》書店を通り過ぎ、北側の小さな路地に入ったところに保科の家があった。様々な店で賑わっている界隈だが、それは県道三十五号線沿いに多く、一本入ると、人家が目につく。今は仙台の地価が高いので薄給の前田にはとても買えないが、保科の邸宅は途方もなく広い敷地の中にあった。堂々とした黒松が、雪を被りながらも、固い針に似た深い緑色の葉で保科の家を護衛していたし、邸宅は城と呼んだ方がいい純白に近い館である。玄関と二つ三つ置かれた庭の淡い燈があるだけで、始まりだした夜が闇で館を包み込んでいるのだが、壁の白さが夜陰を剝がして、浮かび上がっていた。庭の仄かな燈が、樹々と雪に隠れた石仏たちを前田の瞳に流してくる。

保科の家の一画だけ、世界から切り離されていた。石仏に興味がない前田でも、仏たちが雪を袈裟として纏い、ここに棲んでいるのだ、という気がしてくる。それほどまでに仄かな燈で夜の闇に浮かび上がった石仏と雪が上品に調和していた。

広々とした玄関には木造の龍が天井に向かって昇っていて、その足許には南天が赤い実をつけて飛翔を飾り立てている。自分と違う世界だというだけで、嫌な感じは受けない。調度品はもちろん、壁紙の色合いも一つの美意識で統一されていたが、成金にありがちな嫌味はなく、すっと前田もその世界に溶け込めた。それはすぐに保科が丁寧な口調のまま応接間に案内してくれ、絨毯の厚みに足を掬われそうになっている前田を、一回りも二回りも年上の人々に、『この人はね、私の一番若い友達』と誇らしげに紹介してくれたせいかもしれない。

友達だなんて、と云おうとしたが、保科が広げた微笑に吸い込まれた。

様々な人々が集まっていた。保科が現役の頃に面倒を見ていた部下は三人ほどいたが、彼らと話すときは表面上はにこやかにしているものの、どこかに綻びがあり、面倒そうにしているのが見て取れた。それは利きマッカランの会に参加することになる、今川、折田、伊東にも同様である。その三人と保科の関係は、『ほぼ確実に信頼し合っている』という、この世で最も不確かで危険な糸でしか結ばれていないものであり、それが初対面の前田にもすぐに判った。

尤も、その疑いが完全にクロになったのは、それから半年ほど経った、何回目かの会食のときである。真夏だというのに、鬱々とした霧雨が、杜の都の美しい街並みを濡れた喪の布の向こうへと隠した。音のない細い雨が仙台の街の鼓動を奏でていた。

暑苦しくない服装でいい、ハーフパンツとTシャツでもいい、と伝えられていたので、前田は保科の自宅で行われるホームパーティーに、ブラックデニムに白い半袖のシャツで出かけた。だが、今川と折田と伊東は、重要な会議に出席するかのような、藍色のぴっしりとしたスーツで現れた。

この日はウイスキー好きだけが集められた小さなパーティーだったので、前田の選択は正しかったし、保科の云っていることもその通りだった。ホストである保科も、この日はジャケットを羽織っておらず、ラフな水色のシャツだけだった。それでも、他の三人がそのような恰好をしていると、自分だけ場違いな服装で来てしまったな、と思ってしまう。

乾杯を終え、恥ずかしくなり、前田が自然と話の輪から外れ、黄色いオリーブオイルが鮮やかな生ハムとソーセージの盛り合わせや、塩気を意図的に強くしたアンチョビポテトや爽やかな風味のあるクラッカーにのったクリームチーズサーモンを食べた。どれも保科が自分で食材を選び、自分で調理したものらしい。値段について推測するのは野暮なのでしなかったが、それぞれ手間がかかっているのは判ったし、その日に用意された数本のウイスキーに応じて選べるようになっている心遣いが保科らしかった。

長い夏の光の終焉が迫り、薄まり始めた雨雲が紫の暮色を部屋に流し込んできた。部屋全体は中途半端に澄んだ湖底のように霞んでいる。

そろそろ終わりだろうな、と前田が思ったとき、保科が唐突にこんなことを云った。

「ところで、うちのウイスキーをここにいる誰かに譲ろうかと思っているんだが、どうかね?」

場に流れていた時間がぴたりと止まった。霧に似た細かな雨の音さえも聞こえてきそうなほど、不気味な沈黙に固まった。

「どうやら、無駄にウイスキーを溜め込んでしまったようでね。死ぬまでに飲み切ることはできないようなんだよ」

「そんなことを仰って。保科さんは僕よりも長生きするでしょう? まだまだこうして振る舞ってくださいよ」

七〇年代のクラガンモアが注がれているグラスをテーブルに置き、伊東がすかさずそう云った。甘い猫撫で声には接待業のプロらしさが覗き、旅行代理店に勤めているのが褐色に焼かれた顔の肌の色に表れている。

それとは対照的なのは、今川だった。

「保科さんのコレクションは膨大だ。こうしてわたしたちに定期的に振る舞ってくれているとはいえ、とても飲み切れる量ではないでしょうな。百二十まで生きても無理でしょう」

紋切型の冗談を交えながら云った今川の視線は柔らかいが、禿鷹のような狡猾さが、やけに高級そうに見えるシルバーフレームの眼鏡の奥の瞳に暗い色を与えた。伊東とは違い、学者らしい冷静な意見だったが、言葉の裏側には、それなら自分にくれ、という傲岸さが絡んでいる。

それならば、という風に口を出したのは、高級そうな赤紫のネクタイをしている折田だった。

「わたしは保科さんの意見を尊重したいなあ。ご本人がそう仰っているなら、わたしは名乗りを上げたいですね」

五十代と聞いていたが、黒々とした髪が若さを顔にも投げかけている。

「率直な云い方が折田さんらしいですな」

今川が、静かだが、言葉に熱いものを込めて云った。折田は不動産会社の副社長の座にあるだけに、駆け引きが巧い。それについて、今川が釘を刺した形になった。もう既に、保科の膨大なウイスキーのコレクションを巡って、闘いが始まっているのである。

そのことを誰よりも、保科自身が知っていた。保科を含めた四人が、『ほぼ確実に信頼し合っている』という名前のふらついたブランコに一緒に乗っているようなものである。

その揺れ幅は、保科が正式に、ウイスキーを手放す、と云った瞬間に大きくなった。

自分の出る幕ではないな、と思いながら、じっくりと貴重なクラガンモアを味わっていると、思いもかけない声がかかった。ドライフルーツの一欠片をゆっくりと噛んでいた保科がそれを嚥下《えんか》して、こう云った。

「前田さん。あなたはどうですか？　興味はあるでしょう？」

今川、伊東、折田の順でそれぞれの個性を示した視線が、前田の頬を舐めた。前田を見る三人の眼差しに共通していたのは、保科が悪い戯言《ざれごと》を云っているのだろう、という点だけだった。声にならない笑いが巻きついている分、視線は一層研ぎ澄まされて前田を切りつけている。

雨雲が完全に去ったのか、白いレースのカーテンでは防ぎ切れなくなった一日の最後の光が無数の筋となって射し込み、円卓に並んでいる前田たちの顔をスポットライトのように照らし出した。十五人は入ることができる客間の隅々に残っている雨の余韻はその光に薄まり、夏の夕暮れらしさを取り戻している。クラガンモアの古ぼけたラベルや、今日は使われずに隅に追いやられている王冠のような背凭れの椅子に寄り縋っていた青い翳りもなくなっていて、余計に前田は自分に向けられている視線を眩しく感じた。

答えに困っていると、保科が、

「今日お招きした皆さんは、私が選んだウイスキー通の方々だ。生意気にも、月に一度か二度は小さなパーティーを開いているけれど、この四人ほど、ウイスキーに詳しい人はいない。それは皆さん自身がご存じだろうね。だからこそ、この四人の中の誰か一人に私が持っているウイスキーを譲りたい。裏を返せば、この四人以外の人間に、私の人生の一部となったウイスキーを譲渡したくない、というのが本音なんだよ」

なかなか巧いことを云い始めた。三人には、どうして前田のようなよく知らない顔が候補に挙がっているのか、という不満があるはずである。しかし、保科は機先を制した。四人だけが特別だと自尊心を擽り、さらに、ウイスキー通ならばお互いの実力を把握しているはずだ、と保科が試すように云えば、誰も前田に文句を云えなくなる。保科は自分の権威や財力を武器にするタイプの人間ではないが、そういったもので闘ってきた三人には一連の言葉は何よりも効く。

三人とも、自分が普通の人よりもウイスキー通であることを誇らしく思っている癖に、同じ人種と本気で鬩《せめ》ぎ合うのを怖がっている。実は自分が一番ウイスキーに疎いのではないか、と疑《うたぐ》り、それが晒されることを最も恐れている。何故なら、これだけウイスキー通を自慢してきたのに、否定されるとそれを見る目に確信が持てなくなるからだ。前田は自分はまだまだ若輩だ、と本気で思っているから何とも感じないが、この三人は違う。

保科の目論見通り、三人は何か云いたげだったが、それを飲み込んだ。そして、どのようにして譲渡先を決めるのか、と目線だけで保科に訊き始めた。

「少し大袈裟に云えば相続先ということになるが……どうやってこの四人から一人を選ぶか、皆さん、不思議に思ったと思う」

これには前田も賛同して、他の三人と一緒に首肯した。

それを見届けた保科は、謎めいた微笑を作り、

「ここにいる皆さんは中でも、マッカランがお好きだったと記憶している。そうだったね？」

「そうですな、一番好きな銘柄ですよ」

と今川が即座に云った。そして、研究室に籠りがちな学者らしい蒼白い指で、まるで自分が一番のマッカラン好きだ、と云わんばかりに頬を撫でた。

伊東も敗けじと、接客業の特性を生かしながら、

「マッカランはお客様でもお好きな方が多いですから、自然と好きになりましたね。といっても、三年前にここで頂戴した、六三年にボトリングされたものを超えるものには出会えていませんが」

保科の機嫌を取ろうとした。それなら、と折田も、

「マッカランは格別ですねえ。伊東さんが仰ったように、六三年のボトルは、ちょうど丁寧に時間をかけてリフォームしたマンションが売れた日と近かったので、よく憶えていますよ。それ以来、すっかりマッカラン党ですねえ」

　折田は豪快に笑った。本音を隠しているくせに、はっきりと云っているように見せるのが、折田は好きなようだ。保科はもちろん、前田たちでさえもその嘘は見抜いているし、当の本人でさえも知っているだろうに、話し方は変わらない。

「それならば、マッカランで私のウイスキーの譲渡先を決めるということに異存はありませんね？」

「マッカランで、というのはどういうことですか？」

　余計なことを云わずに黙っていようと思っていたが、前田の口から独りでに言葉が転がり落ちた。

　保科は意味ありげな微笑で前田の声を掬い上げると、

「利き酒、というのはご存じでしょう？　それをマッカランのみでやろうかと思っているんですよ」

「ははは。実に保科さんらしいですねえ。マッカランならば、様々なボトルが出ている。利き酒ならぬ利きウイスキーもできそうだ」

　折田は晴れやかな笑い声を交えて云ったが、目は獣の光に輝いていた。やや垂れた目をしているのだが、今は欲望が生んだぎらつきによって吊り上がって見える。

　先刻よりも如実に態度や表情が変わったのは折田だけではなかった。今川は次の保科の言葉を聞き逃さないようにと顔を前へと出したし、伊東も、保科さんは貴重なマッカランをたくさんお持ちだからどれを当てればいいのか楽しみですよ、と興奮したような赤色を日焼けした顔に流した。

各々の反応を確かめてから、保科は一瞬だけ視線を前田へと捩じった。あなたも参加しますよね、という念押しのようで、前田はそれに押されるようにして頷いた。

「来年の一月三日。ここで利きマッカランを行いたいと思いますが、よろしいですかね？四つのグラスを用意します。その中からあるマッカランを当てて頂きたい」

皆が息を呑んで次の保科の一言を待つ。

「当てて頂きたいのは一八六一です」

保科が云い終わった瞬間に、三人の口から、えっ、という動揺にも似た声が漏れた。前田も声さえ出さなかったものの、心臓がどくん、と跳ねた。

この世に一本、あるかどうか。いや、もうないとさえ云われているマッカランだ。それを保科が所蔵しているという噂はあったが、あれは本当だったのだ。

「し、しかし、わたしですら、本物は飲んだことはないですよ。当てるのは至難の業というものですよ」

興奮気味に云いながら、折田は赤紫のネクタイを緩めた。

「そうでしょうね。私ですら、開封してから二度しか飲んでいない」

「飲まれたのですな？」

今川も先刻よりも荒い声で訊く。保科は、もちろん、と答え、

「安心なさい。ちゃんと皆さんの分は取ってありますから。味わいや香りについてはヒントになってしまうので云わないけれど、一八六一はやはり面白い味がした、とだけ云っておくとしますかな。もちろん、本物を当てた方には残った一八六一も差し上げますよ」

「保科さん。本当に総てのコレクションを無償で頂けるんですか？」

早くも利きウイスキーに勝利し、コレクションを手に入れたつもりになっている伊東に対して、保科は何度も頷いて、既に書類は用意してある、勝者が複数いた場合は等分する、と告げた。それを聞いた三人はウイスキー好きの仮面を完全に外し、金儲けだけが目当てのただの外道の顔つきになった。間違いなく、膨大な保科のコレクションを手に入れれば、よっぽど気に入ったもの以外は様々なルートで売り捌くだろう。保科はこれを恐れ、前田に声をかけ、大事なウイスキーを託そうとしているのだ。そして、彼らこそが、保科が常々溜息交じりに話していた、つまらない人たち、なのだということが判った。

場に動揺の漣《さざなみ》が走っているのを眺めながら、保科はこう云ってひとまずの幕を下ろした。

「以上となるが、質問はあるかね？　ないようならば、このまま本日の会食を続けて、帰宅してからマッカランのテイスティングの練習をなさるといい。本番で、くれぐれも偽物を摑まぬよう、気をつけて頂きたい」

その後、夏の小さなパーティーでの大きな発表などなかったかのように前田と保科の交流は続いた。図書館に保科が来れば前田は同僚の目を盗んで会話を楽しんだし、たまには保科の家に招かれ、あのメンバーには内緒でウイスキーを飲ませてくれた。だが、保科らしいといえば保科らしいが、一八六一のマッカランについての会話は一切しなかった。前田もそれについて触れなかった。お互いに、卑怯で無粋な真似はしたくなかったのである。だからこそ、ウイスキーが繋いだ二人の友情のような関係も強固なものになったのだろう。唯一、利きウイスキーについて保科が話したのは、『せっかくウイスキーを愛していらっしゃるんだ。司書の資格をお取りになって、ウイスキー関連の書籍を守ってくれないかな。これは私の勝手な願望に過ぎないがね。でも、私のウイスキーを受け継いで、その魅力を本を通していろんな人に広めてはくれないかね？』という言葉だった。利きウイスキー会の一ヶ月前くらいだっただろうか、不意にそんな言葉をかけられた。それだけが本音であり、狡猾な真似はできないが前田に勝ってほしい、という強い願いを感じた。自分が諦めては、金だけを目当てにしている三人に敗ける。それだけは避けたいと思ったし、歳の差があるにもかかわらず優しく接してくれ続けている保科への、せめてもの恩返しだと思った。

年が明け、いよいよ三日になった。当日の仙台は一月らしく冷え込んでいて、特有の強い風が樹々を揺らす中に、夜闇を被った石仏が前田を迎えた。それは石仏というよりは黒い影で、客たちを門番のように見張っているようである。

がらんとした部屋には、黒いプレースマットが四人分敷かれたテーブルがあるだけだった。上にはAからDまでの小さなラベルが貼られた黒いグラスが置いてある。チェイサーがあるにはあるが、この部屋においては、十九世紀のマッカランとそれに酷似したウイスキー以外は何の意味もないし、存在がないのと同義だった。つまり、ここにはウイスキーが注がれたグラス以外には何もない。だが、その何もないということが、テーブルに神々の舞台のような威厳を与えていた。

四隅に前田たちが不正を行っていないか見張る、見るからに体つきのいい男たちが立っていた。無言のまま前田たちが席に腰掛けると、それを確認した四人の男たちが目配せをし、責任者らしき初老の男性が注意事項を説明した。男性は保科に渡されたのであろう、紙を読み上げ始める。

ルールは至極簡単だった。AからDの四つのうち、一八六一のマッカランの入っているグラスだけを選び、それを二階にいる保科のところへと持っていく。それが正解ならば、この利きマッカランの勝者となる。

また、禁止事項は予想通りだった。スマホなどを使った情報の取得はもちろん禁じられ、自分の答えを保科に伝えに行くとき以外は部屋から一歩も出てはいけないらしい。また、保科は室内での一切の声出しを禁止した。たとえ四人で相談し合ったとしても正答に辿り着けるか判らない問題だが、それでも知恵を出し合って、全員が本物のマッカランを当ててしまうと、本音では前田だけにウイスキーを譲りたいと思っている保科としては困る。だから、それを禁じたのだ。同時に、それは前田を他の三人から守ることにも繋がる。三人が結託して、前田だけを弾くということも考えられるからだ。それをまずは禁じてくれた保科に、前田は心の中で礼を云った。

注意事項を伝えると、テイスティングが始まった。前田の前には闇色のグラスに注がれたウイスキーが四つ並んでいる。厚手のカーテンで閉め切られているはずなのだが、ウイスキーの孕んでいる色合いが、薄暗い室内のどこかから隠された明るさを盗み取り、ぽっかりと光の束がそれぞれのグラスに落ちているように見えた。他の人々の様子を盗み見るほどの余裕もないし、それも禁じられていたので前田は自分の前のグラスにだけ集中していたが、黒いプレースマットの上に鮮やかな光点が描き出されているようだった。

前田はまずAのグラスを手にして口に含んだ。マッカランらしい、シェリー香とともにナッツに似た甘味がある。今となっては容易に手に入るマッカランではないことは判ったが、それが十九世紀のものかどうかは判らない。それはBも、Cも、Dもそうだった。一度、舐めた程度では前田如きの舌では判別がつかない。

——保科さんの期待に添えないかもしれない。

そう思った瞬間、不思議なことに味覚からマッカランが消えた。代わりに、耳の奥に、保科の言葉が再生された。金儲けだけのためにウイスキーを利用するのは、保科のように心から愛して飲んでいる人々や、何年も丁寧に作った職人たちへの冒瀆である。それは阻止しなければならない。

深呼吸をして、前田はもう一度、Aから順に飲み始めた。他の面々も前田と同じように、一口飲むごとにチェイサーを使って口内を洗いながら、何度も何度もAからDまでのグラスに口をつけている。グラスにはワンショットよりも少し多めの量が入っているが、前田たちの疑念が次々とウイスキーを消費していく。

沈黙の針だけが粛々と静寂の時を刻んだ。ほとんどのグラスからウイスキーが消え、残り香から本物を見極めようとしている中、伊東が微笑みを浮かべた。そして、一人だけ僅かに中身を残したAのグラスを持ち、自信を込めてこう云った。

「わたしは判りました。保科さんのところへ向かいますがいいですかね？」

監視員は無表情のまま、どうぞ、と云って扉を開いて、伊東を部屋から出した。言葉こそ発していないが、皆、驚きの色を隠せなかった。

しまった、と思ったのは前田だけではなかった。今川は無表情の仮面を狼狽の罅《ひび》で崩し、左手で何度も銀色のフレームを直している。折田も呆然とした表情が、黒々とした髪を一気に老け込ませて、光の加減によっては白くさえ見えた。

ただ、前田たち三人は焦って中身が残っていないAのグラスの残り香を嗅いだり、縁についた微かな残りを舐める必要はなかった。何故なら、伊東が部屋から出て行った三分後には、異常を報せるガラスが壊れる音と、長い嗚咽《おえつ》のような悲鳴が同時に前田たちの耳朶《じだ》を打ったのだから——。

部屋の外で待っていた監視員が異常を察知して中に入ったとき、既に保科は血だらけで倒れていて、ぴくりとも動かなかったらしい。傍らには、凶器となった透明なガラスの花瓶の持ち手を握り締めた伊東が立っていたという。

伊東は駆けつけた警官たちに、自分が保科を殴り殺したことを自白した。動機は、不正解だ、と保科に云われたことのようだった。あれだけの自信を持って保科のところへ向かった伊東にとってその告知は、死の宣告と同義であった。保科の所有していたウイスキーを譲り受ける権利を失っただけでなく、真贋を判断できない者という烙印を捺されてしまい、もはやウイスキー通としての矜持も死んでしまったのである。

不正解だったことに絶望し、やり場のない憤怒を殺意へと尖らせ、保科を葬ったのだろう、と前田たちも警察も推測した。状況からして、それが一番真実に近いと思われた。しかし、以前に仙台で起きたウイスキーに関連した殺人事件を担当した刑事が不審に思ったところから、意外な方向へこの事件は転がっていく。

その刑事が、伊東が犯行前にサイドテーブルに置いたAのグラスの中身を鑑定しよう、と提案したのだった。書籍やレコードや観葉植物などがあるだけで普段は物静かな書斎は、保科の血と砕け散ったガラスによって血腥い殺戮の場へと変貌していたのだが、人を殺めた伊東にも最後の良心があったかのように、Ａのグラスは四分の一口分ほどの中身を残してサイドテーブルに置かれていたのである。量はかなり少ないが、それでも充分に鑑定はできる。

ウイスキーについて、それなりの知識があるらしいその刑事の意見は尤もだった。刑事が熱の籠った主張を繰り返したせいもあるが、動機が中身の真偽に繋がっている以上、裁判でそれが問題になる可能性は高い。弁護士にその点を突かれぬよう、万全を期すべきだという言葉に上層部も納得せざるを得なかった。

問題のＡは放射性炭素年代測定という考古学などで使われる手法で鑑定された。伊東の証言と保科の死という結末から、ほとんどの人間は、一八六一のマッカランではないと思っていた。だが、その結果、驚くべきことに、Ａに入っていたウイスキーは九十五パーセントの確率で、一八六〇年から一八六二年に作られたものだと判明したのである。つまり、伊東が選んだＡは一八六一のマッカランであり、正解していたのである――。

※

前田がそこまで話し終えたとき、べっとりと漂い始めた冬の濃い闇と、雲の裏側の月が粉々に砕かれたかのような雪によって隠されていた国分町のネオンの燈が、夜本番が始まるにつれて突然掘り起こされ、街は色彩を取り戻していた。闇と雪に沈んでいた繁華街の華やかな看板に燈が灯り、夜の虹を描くようにして光り出して、仙台城の鬼門を守る定禅寺があった定禅寺通や、仙台空襲で焼き尽くされた勾当台《こうとうだい》公園の奥深くに眠っていた歴史の色までもが、艶やかな光と踊っている雪によって呼び出されて『シェリー』の窓外を飾った。

「失礼な云い方になりますが、保科さんが前田さんにどうしてもウイスキーを譲りたくて、伊東さんに嘘を吐いた、という可能性はありませんか？」

「それはないです。絶対に」

つい数分前に前に置かれたファインオークの十二年を飲みながら、前田は少しの切れ間も置かずに答えた。保科の人柄からして、筋の通らないことは絶対にしない。転売目的で手に入れようとしている人間に対しても、自分が定めたルールに従って接したはずだ。そうしなければ、過去の自分を否定することになる。保科のような心ある人間ならば、過去や歴史や時間といったものを貶めるようなことはしない。何故ならば、そういったものが保科が愛していたウイスキーを構成していて、それと同義だからだ。

「それならば、警察の鑑定が間違っていた、ということはありませんか？」

「それも考えにくいですね。科学である以上、何事も百パーセントはあり得ませんが、それでも九十五パーセントの確率というのは、それにほぼ近いということです」

「それもそうですね」

「だから、利きマッカランとは別のことで殺意を抱いていた伊東さんが、保科さんと二人きりになるあの瞬間を狙って殺した、と僕は思っています。でも……やっぱりモヤモヤが取れないんですよね」

正直に前田が云うと、

「差し出がましいようですが、お手伝いいたしましょうか？」

安藤がチェイサーを注ぎながらそう訊いてきた。あまりにもさりげない一言だったので前田は聞き間違いかと思った。しかし、冬の太陽を思わせる優しい安藤の微笑はそうではないことを前田に確信させた。

「安藤さんは真相が判ったんですか？」

「はい。前田さんが詳しくお話ししてくださったので」

「それなら……是非とも伺いたいです」

「承知いたしました。実は既にわたしの方で用意しておりました」

えっ、という声を出しそうになったが、前田は何とか堪えることができた。心のどこかで安藤の摑みどころのない不思議な力に頼ろうとしていた気がする。それが前田を思った以上に冷静にさせた。

安藤は前田の前のカウンターの水滴を拭き取ると、

「まず、非常に重要だとわたしが思うのは、伊東さんが選んだのは間違いなく、一八六一のマッカランだった、という点です」

あっさりと安藤は云ったが、今度はさすがに唐突すぎて前田の思考が追い切れない。

「でも、そうだとするとどうして事件が起きたか判らないです」

「仰りたいことはとてもよく判ります。そうしないと、伊東さんは正解していたのに、保科さんがそれを拒絶したため、悲劇が起きたということになってしまいますから。動機があの利きマッカランにあったとすれば、そうとしか考えられないですよね」

前田が無言で顔を上下させると、

「保科さんの名誉のために申し上げておきますと、伊東さんが正答を選んでいたら、本心では苦々しく思いながらも、約束通りコレクションを譲っていたと存じます。保科さんは筋を通す素晴らしいお方のようでしたから。心を許していた前田さんにさえ、情報を流すような真似をしなかったくらいですから、しっかりとルールを守る立派な方だったと存じます」

「それなら、どうして伊東さんは保科さんを殺したんですかかね？」

前田は静かに視線を絞って安藤に問いかけた。

安藤は羽毛のような柔らかな表情で前田の目線を受け止め、

「こう考えてはいかがでしょう？　保科さんは伊東さんを騙したわけではない。けれども、警察の鑑定も真実だった。それを両立させる解答があると考えてみるとよいかと存じます」

保科は約束はきっちりと守る人間だった。Ａのグラスに入っていたのが一八六一のマッカランならば、伊東に所蔵しているウイスキーを譲る約束をしたはずである。そうすれば悲劇は起こらなかった。

だが、実際に事件は起きている。そして、警察の鑑定が本当だとすると、伊東は保科が出した難問に正解したことになる。しかし、伊東は保科に不正解だと云われたから殺した、と証言した。この矛盾をどう解釈したらいいのか、前田には判らなかった。

「見当もつかなくて、ずっともやもやしているんです」

前田が事件の不可解さを口にすると、

「少々、整理してみましょうか」

安藤はそう前置きをしたあと、

「正答の条件としては、一つは伊東さんの証言が本当であること。二つ目は保科さんが不正を行わなかったこと。そして、三つ目は警察の鑑定も正しかったということです。一見すると矛盾しているこの三つの要素が同居する、唯一の答えがあるとわたしは思っております」

「つまり、安藤さんは保科さんが伊東さんに下した裁定も、警察の鑑定も正しかった、と思っているんですね？」

「仰る通りでございます」

云い切った安藤は一呼吸置くように、窓を開けて空気を入れ替え、外に目を遣った。前田もつられてそちらに視線を捩じる。

雪雲に覆われている夜空から星屑が地上に降り敷いたかのように街の燈は鏤《ちりば》められ、仙台はどんな矛盾したことでも成立させてしまう魔法を秘めた都市に見えた。そのうちに前田は自分が現実ではなく、物語の中にいるような気がしてきて、安藤の言葉こそがこの瞬間の『シェリー』を支配しているのだ、と思い始めていた。フィクションめいた事件を閉じるためには、安藤のように物柔らかなのに捉えどころがないバーテンダーの力が必要なのかもしれない。

そう思って視線を戻した瞬間に、

「事件の最大のポイントは、やはり利きマッカランの特色にあると思います」

「四つのマッカランの中から、一八六一のマッカランを当てる、という点ですか？」

「はい。でも、そこに罠があったと思います。保科さんが仕掛けた、とびっきりの罠が」

罠という卑劣さを喚起させる単語と、生前の保科の誠実さが釣り合っていなかった。そ

の違和感を口にしようとしたが、

「罠といっても、保科さんの品格を貶めるようなものではなかったと思います。保科さんならではの、粋な罠です。それがあの利きマッカランに忍ばせてあったのではないか、とわたしは考えました」

「でも、ルールは厳格で、その上、シンプルでした。AからDの四つから一八六一のマッカランを当てる、という簡単なものです。そこに保科さんの仕掛けが入る余地はなさそうですけど……」

「そのルール自体が保科さんの悪戯心に満ちたものだったと存じます。ルールをお聞きになったとき、前田さんはどうお感じになりましたか？」

やんわりとした笑顔を向けられた前田は、

「難しいと思いましたね。勘に頼っても、正解率は四分の一ですから」

「そうですよね。わたしも自分の五感だけで当てられる気がしません。勘と運の力を借りなければとてもとても」

目尻に人懐っこい苦笑の皺を寄せながら安藤が云った。つられて前田も小さく笑った。

殺人事件の話をしているのだが、一瞬だけ陽だまりのような明るさが二人の間に落ちた。

しかし、それもすぐに消え、安藤は再び真面目な顔になり、

「この事件を解くには、やはり保科さんの最大にして最高の悪戯に気づかなければならな

いと思います」

「保科さんがあの利きマッカランに仕掛けた罠の正体に、安藤さんは気づいていらっしゃるんですね？」

「はい。わたしなりの答えを用意しております」

普通ならば、前田がここまでかかっても解けなかった謎の真相を、話だけで安藤が見抜けるとは思えない。ただ、そんな前田の考えを、安藤の行燈のような柔らかい微笑が否定していた。それを見た前田は、安藤が保科の用意した答えが正しい場所に着地していると思った。

「保科さんが決めたルールは簡単でしたね？　四つのグラスを用意するので、その中から一八六一のマッカランを当てる、というものでした」

「ええ。安藤さんの仰る通りです」

「だから、保科さんはそのルールに則って、伊東さんに失格を告げたのだとわたしは考えております」

「で、でも、伊東さんが持って行ったAのグラスにはほぼ間違いなく一八六一のマッカランが――」

「仰る通りです。Aには一八六一のマッカランが入っていた。ただ、それでは正解にはならなかった。では、このように考えてはいかがでしょう？」

驚きを通り越して錯乱し始めた前田の顔からは、血の一滴までが消えたように、顔色は白紙と変わらないものになった。それを見た安藤はそっと手を差し伸べるような声で、

「保科さんの提案したルールを、前田さんたちは誤解していたと存じます。保科さんはAからDのうち、一八六一のマッカランを当てろとは云いましたが、それが一つだとは云っていないのですから」

「まさか――」

啓示に似た斜光が流れ込み、たった一つの答えを指し示した。その答えを声にする前に、渇き切った口をチェイサーで濡らしたあと、前田は安藤に向けて、確信を持ってこう答えた。

「保科さんは四つのうち一つに一八六一のマッカランを入れたわけじゃないんですね？　二つ、いや、保科さんは、つまらない人たちを皮肉るために、三つのグラスに本物を入れておいて、一つの偽物を見つけるという問題にしたんですね？　あれは四つのうちから一つの本物を見極めるためのものじゃなかった。一つの偽物を探すためのものだったんだ」

「その通りだと思います。保科さんが施した最大の罠がそれです。グラスが四つ出される利きウイスキーで、しかも、その中から一八六一のマッカランを当てろ、と云われたら、どうしても、人は正解は一つしかないと思いがちです。けれども、実際は違いました。とはいえ、保科さんのルール説明に欺瞞《ぎまん》はございませんでした。四つのマッカランの中で一

八六一は一つだけだ、と説明していたら嘘になりますが、あくまでも、四つの中から一八六一のマッカランを当てる、というものでしたから。ですから、三つのグラスを選ぶ、という正解を用意したとしても、そこに何ら嘘はなかったと存じます」

四つの中から一つの本物を見つけるという巷に溢れたルールが目眩《めくら》ましになり、前田を始めとした四人は完全に保科に手玉に取られてしまっていたのである。マッカランだけの利きウイスキー、その中から一八六一を当てる、という二つの派手な看板がその裏にあった本質を覆い隠していたのだった。

いや、そうではない。本物の知識人だった保科を本当に知っている人間からすれば、見抜いて当然の真相だった。前田は、親しくしてもらっておきながら、安藤に明かされるまで気づかなかった自分を恥じた。

そして、どうして四つのグラスだったのかをも理解した。あれは前田、伊東、今川、折田の四人を暗喩したものだったのだ。本物の中に交じった一つだけの偽物を見つけるゲームの真意は、そのまま、四人の中でたった一人の本物が誰か、という意味へと翻る。だからこそ、保科はグラスを四つにした。正解者が複数いたらウイスキーを金額に置き換え、きちんと等分するということになっていたが、保科は伊東や今川や折田では真相に至ることができないと踏んでいた。その根拠は前田への信頼だけであり、五つでも六つでもいいグラスを四つにした唯一の理由はそこにあったのである。

納得しながらも、そこまで考えの及ばなかった自分を情けなく思っていると、安藤は続けて、

「伊東さんは自信満々にAが一八六一のマッカランだと答えたでしょう。しかし、保科さんは、それは正解ではないと云い切った。この受け答えはどちらも間違えてはいません。ですが、正解ではない、と断言された伊東さんは直情的になり、保科さんを殺してしまいました。前田さんのお話を拝聴する限り、三分ほどの間に犯行が遂げられたようですから、保科さんが種明かしをする前に、伊東さんは凶行に及んだ可能性が高いと思います」

「でも、Aは本物だったという鑑定結果は、勾留されている伊東さんの耳にも入っているんじゃないですか？　それなら、弁護士に、自分の舌は正しかった、とでも云っていそうなものですけど」

思ったまま、前田は話した。保科に対する申し訳なさ、どんどんと進んでいく安藤の説明、どこかで客観的に事件を見ている自分――そういったものが綯い交ぜになって、前田の頭は混乱している。そのため、安藤の推理には疑問の余地はなかったが、自然と伊東を擁護してしまうような立場になっていた。

それでも安藤は綿雲のような微苦笑で前田の声を受け止め、

「伊東さんは鑑定結果を聞いたとしても、意地でも自分の証言を変えないのではないでしょうか。今川さんも折田さんも同じ立場だったら、伊東さんと同じことをしたと思います。

自分の選んだグラスに入っていたマッカランが一八六一だと警察が明かしても、保科さんから失格の宣告を受けた瞬間に、あの三名にとっては事実は決まってしまったんです。前田さん以外の方々にはマッカランの真贋よりも大事なものがあったからです」

「何です？」

「それは、自分が他の面々よりも劣っているということを認めてはならない、という強靭な意地だったと思われます。それだけは譲れない一線でした。前田さんや保科さんと違って、あの三名にとっては本物か偽物かなんてどうでもよかったのだとわたしは思います。保科さんに認められ、利きマッカランの会に出席したというだけでも、周囲に自慢できますから。その特別な席で栄名を勝ち取り、保科さん所蔵のウイスキーを譲り受けることができれば最高だったでしょう。しかし、そうではなくても、間違えたという汚点さえ残さなければよかったのだと思います。もちろん、お金のために勝利を虎視眈々《たんたん》と狙っていたのでしょうが、それ以上に、間違えるという恥辱を受けることだけは避けたかったのだとわたしは推測いたします」

安藤はそこまで一息に云ったあと、心なしか悲しげに肩を落としてこう云った。

「貴重とはいえウイスキーのために人を殺す、真実を受け止めようとしない、真相を闇に葬ったままにする――これではウイスキーを本当に愛していた主催者の保科さんが浮かばれませんね」

いつでも微笑んでいる安藤の目の一点が不意に冷え、遠い距離を見るようにして、こうつけ足した。

「蛇足ですが、今の拙いわたしの推理が正しいかどうか確かめる方法がございます」

「証拠……ですか？」

ここまでの安藤の推理は事実と齟齬《そご》はないが、確たる証拠はない。しっかりとした証拠はほしいと前田も思っていた。

「前田さんたちが飲んだウイスキーの残りを放射性炭素年代測定にかければよかったかもしれません。そうすれば、四つのうち、三つが一八六一のマッカランだということがはっきりと判ったと思います。しかし、さすがにもう警察も残していないでしょうし、それ以前にほとんどのグラスからウイスキーがなくなっていたということですから、無理だったかもしれませんね。しかし、それでも、まだ証拠はあると存じます」

安藤は目を元の温もりのあるものに戻して、

「残っている一八六一のマッカランのボトルの減り具合を調べてみるというのはどうでしょうか。保科さんが既に二回飲んでいるとはいえ、もしも、前田さんたちが思っていたように四人に一杯ずつしか出さなかったとしたら、そこまで減っていないはずです。しかし、わたしが申し上げた通りならば、目で判るくらい減っていると存じます」

「そうか。確かにそうですね」

　前田は云いつつ、警察にかけ合って調べてもらおうと思った。しかし警察に電話をすることはさておき、視線が安藤の背後に並んでいるマッカランへと延びた。保科の供養のため、というわけではないが、ずっと飲めていなかったマッカラン二十五年を飲んでみようと思ったのである。

　すると、安藤はすっと後ろを向き、マッカラン二十五年を手に取った。元々濃いマホガニー色をしているマッカラン二十五年だが、急に久しぶりの目覚めを告げられ、戸惑ったかのように蒼褪めてさらに色が濃厚になった気がする。

「差し出がましいようで恐縮ですが、わたしに一杯ご馳走させてください。前田さんに貴重なお話を聞かせて頂いたお礼です」

「そんな……悪いですよ」

「いえ、マッカランをこよなく愛した保科さんへのわたしからの餞という意味もありますのでご遠慮なさらず」

「それじゃあ、遠慮なく頂戴します」

　安藤は、はい、とゆっくりと頷き、本当に保科を悼むような仕草でグラスにマッカラン二十五年を注いで、チェイサーと一緒に前田の前に出した。

　前田は軽く頭を下げてから、初めて飲むマッカラン二十五年を口に含んだ。マッカランらしい優しいシェリー香の甘さが鼻を突き抜け、あっという間に口中に果実が実ったような感覚に囚われた。

美味い、という一言だけで安藤は充分判ってくれるだろう。しかし、今はその短い言葉さえも必要はない気がした。保科の鎮魂を祈るために静かに飲むのがいいと思ったし、安藤も和らいだ視線で前田を見ている。

薄いジャズの音はあるものの、静寂が『シェリー』を流れた。時折、沈黙を埋めるようにしてアスファルトを白い荒野に変えた仙台の雪風が音を立てたが、前田と安藤、そして保科の魂の欠片のようにグラスで揺れているマッカラン二十五年にとっては些細な物音に過ぎなかった。

三十分ほどゆっくりと堪能して、前田は空になったグラスを置いた。そして、ご馳走様でした、と礼を云ったあと、

「――司書の資格を取ろうかな、と思います。マッカラン二十五年を借りて保科さんがそう云った気がして」

「それはとてもよいことだと思います。実はわたしもこのマッカランがそう云っているような気がしておりました」

冗談交じりに云うと、安藤は前田の前に置いてあったマッカラン二十五年のボトルをちょっと掲げて見せた。安藤にそう云われると、さらに司書の資格を取ろうという気になってくるから不思議だった。

会計を済ませた前田の頭にふとした疑問が浮かんだ。

「飲んだくせに忘れてしまったんですが、マッカラン一八六一ってどういう味なんでしょうね？」

「わたしは飲んだことがありませんから判りませんが、きっと保科さんがいらっしゃる天国のような味なのではないでしょうか」

「なるほど。納得しちゃいました」

前田はマッカランで火照った頰に笑みを作ってから、安藤に背を向け、鉄扉を開けて狭い廊下に出た。

「どうぞお気をつけて。またのお越しをお待ちしております」

安藤の見送りの言葉を背中に受けて、前田は階段を下りた。

国分町の騒がしさと繁華街らしい華美な光を、雪を孕んだ白い風が掬い取っている。冷たさを吸った盛冬の雪は、細かいガラスとなって前田の頰をちくちくと刺してくる。その痛みから逃れるようにして、前田は首を素早く左右に振って髪にうっすらと積もった雪を払った。すると、それまで意味もなく広がっているように見えていた夜空が、いや、そのさらに上にいるであろう保科の魂が、死の闇から束の間甦り、雪の形を借りて言葉を投げかけてきている気がした。

このままでも最低限の暮らしはできるだろう。だが、守らねばならない本を図書館に残し続けられる程度の力はなくてはならない。そのためには、保科のアドバイス通り、司書の資格を取る方がいいはずだ。少なくともないよりはいい。冷遇されがちなウイスキー関連の本を守り、人々に広く読んでもらう。そして、ウイスキーをただの酒や金儲けの道具としてではなく、文化として認知してもらう。それに尽力することが自分の生き甲斐の一つだとやっと確信できたし、それこそがたくさんのものをくれた保科への最大の恩返しであり、最高の供養になると思った。

歩き出した前田の背中を寒風が吹きつけた。笛のような、いかにも冬という風の音の中に、しかし、前田は、『そうですよ、そのまま頑張ってください』という保科の温かい声を聞いた気がした。

初出

「何故、ブラック・ボウモア四十二年は凶器となったのか？」

【「何故、ブラックボウモア42年は凶器となったのか？」（改題）】

（二〇一八年五月号・六月号・七月号）

「何故、死体はオクトモアで濡れていたのか？」

（二〇一八年九月号・十月号・十一月号）

「何故、犯人はキンクレイスを要求したのか？」

（二〇一八年十二月号・二〇一九年一月号・二月号）

以上「りらく」プランニング・オフィス社
※刊行にあたり、改稿いたしました。
「何故、利きマッカランの会で悲劇は起きたのか？」書下ろし

光文社文庫

文庫オリジナル
なぜ、そのウイスキーが死《し》を招《まね》いたのか
著者　三《み》沢《さわ》陽《よう》一《いち》

2021年10月20日　初版1刷発行

発行者　鈴木広和
印刷　萩原印刷
製本　ナショナル製本

発行所　株式会社　光文社
〒112-8011　東京都文京区音羽1-16-6
電話（03）5395-8149　編集部
8116　書籍販売部
8125　業務部


ISBN978-4-334-79257-2　Printed in Japan



組版　萩原印刷